QUE NOS VIES AIENT L'AIR
D'UN FILM PARFAIT

« Que nos vies aient l'air d'un film parfait »,
extrait d'« Amoureux solitaires »,
adaptation française de « *Lonely Lovers* » des Stinky Toys

Hey man tell me you love me, even if we know you're lying
hey let's add some romance to this dirty life

Some plastic beauty to our dying bodies,
some chemical fun in our rotten brains
Let's make our lives look as perfect as a movie

Hey man tell me you love me, even if we know you're lying
Hey let's try to forget what we really are

Lonely lovers in a dying city,
false lovers in a rotten world
Let's make our lives look as real as a movie

Paroles de Elli Medeiros / Musique de Jacno

www.lepassage-editions.fr

CAROLE FIVES

QUE NOS VIES AIENT L'AIR D'UN FILM PARFAIT

roman

LE PASSAGE

À Julien,

I. Nord

Ce que nous ressentons
n'est inscrit nulle part
Nathalie Sarraute

C'était Pâques, c'étaient les vacances et tes parents t'avaient emmené au bord de la mer, Hardelot sûrement, une station de ce genre. Les plages se ressemblent toutes tellement là-bas, les hôtels et les gens aussi, tout le monde finit par s'y confondre. Parce qu'il n'y a que la mer, toujours la même mer immense qui t'avale et te recrache sur ses dunes de sable. Disons que tu étais à Hardelot, afin de prendre le bon air. Il fallait que tu prennes le bon air et surtout que tu puisses courir sur la plage et crier, vraiment crier, une fois que tu aurais entendu ce que tes parents avaient à te dire.

Ta mère pleurait, comme à son habitude, jusque-là tu n'étais pas tellement désorienté et tu continuais à chercher tes œufs de Pâques dans la chambre d'hôtel. Sous la penderie ? Dans la petite poubelle de la salle de bains ? Juste derrière les rideaux gris assortis à la marine suspendue au-dessus du lit ? Tu cherchais, petit frère, tu cherchais.

Le père a commencé, « Nous avons quelque chose à vous annoncer ». Ça t'a glacé d'un coup. Surtout, l'entendre dire « nous » pour parler de ta mère et de lui. Comme s'ils avaient pu se fondre en une entité, un « nous » bien identifiable, celui des parents, capable de prendre une décision commune. C'était bien la première fois qu'ils avaient l'air d'accord sur quelque chose, et ça ne t'en a paru que plus suspect. D'habitude, les parents ne s'adressent pas vraiment à toi, sauf pour dire les fourchettes à gauche, les coudes sur la table, monte-moi vite ce bazar dans ta chambre… En dehors de ça, les parents ont rarement l'occasion de se confier à toi comme ce matin. C'est une famille qui déjà n'en est plus une et où il n'y a plus grand-chose à se dire. À moins que ce ne soit une famille où il y ait tellement de choses à dire que plus aucun mot n'en sorte. Comme quand la bouche est tellement pleine que si on l'entrouvre, ce n'est pas un mot qui arrive, pas un tout petit mot, mais tout un tas de mots emmêlés, qui à la fin forment un bruit étrange, à peine un cri.

Ce cri que tu as eu après que les parents t'ont dit ce qu'ils avaient à te dire ce matin-là. Juste avant que tu ne coures vers la plage et que la bruine qui tombe toujours à Hardelot les week-ends de Pâques ne se mêle à tes larmes, et que jamais personne ne puisse deviner si c'étaient tes larmes, ou si c'était la pluie.

Tu es à la plage, enfin plutôt dans une chambre d'hôtel, face à la plage, à la mer, comme tu veux, et il bruine. Tes parents ont quelque chose à t'annoncer. À voir leurs têtes, tu comprends que l'heure est grave, qu'elle est grave depuis longtemps mais enfin là tout de même, elle est extrêmement grave, tu comprends que tes parents ne s'apprêtent pas à t'annoncer la cachette du lapin en chocolat ou du maxi-œuf empli de petits œufs, planqué dans la cabine de douche, à moins que ce ne soit tout simplement derrière la porte-fenêtre. Quelle arnaque. T'as huit ans et t'as droit à tes œufs en chocolat. T'as huit ans et bientôt tu vas entendre la nouvelle qui va te coincer les mots dans la gorge pour longtemps.

Cette nouvelle, tu ne seras pas le premier enfant à l'entendre. Ni le premier, ni le dernier. Des milliers d'enfants, peut-être des millions, qui l'ont entendue et l'entendront encore. Des millions d'enfants du divorce. Car c'est sûr, c'est bien ça, le père répète « Nous allons divorcer » ou « Nous allons nous séparer ». Tu ne sais plus exactement si c'est « divorcer » ou « séparer », tu retiens juste l'idée principale, qui est que pour toi, le monde s'écroule.

Ton visage devient un peu plus rouge, tes yeux un peu plus brillants et tu regardes tes parents qui maintenant ont la même tête, pleine de larmes en dedans. Alors le père ouvre la porte de la chambre, « De l'air, allons prendre l'air ». C'est là que tu as mis ta petite main dans la mienne et qu'on a couru tous les deux vers la plage, toi qui pleurais petit frère, étaient-ce les larmes ou la bruine, c'était fait exprès pour qu'on ne sache jamais, tu tenais fort ma main parce que tu savais ce matin-là, sur la plage d'Hardelot qui ressemble à toutes les plages du Nord, le soleil brillait déjà à travers les gouttes mêlées du ciel et de la mer, le soleil perçait déjà, il devait être quoi, neuf heures-neuf heures trente, tu savais que quelque chose sonnait comme la fin de l'enfance.

Moi, je ne suis que le père. C'était à l'hôtel Régina, à Hardelot. Tout était devenu impossible. Ma femme était encore dans un état… Quel état d'ailleurs ? Déprimée ? On s'était chamaillés, je ne sais plus à quel propos et… on n'arrivait plus… on n'y arrivait pas, elle parlait un langage, j'en parlais un autre, il n'y avait plus moyen de s'entendre. À un moment, j'ai fait « Écoute, je me casse ». Je ne sais plus comment j'ai formulé ça. Ça n'avait rien de prémédité, j'étais venu en week-end pour les rejoindre. Eux, ça faisait déjà quelques jours qu'ils étaient là. Mais je ne pourrais pas dire non plus que ça me soit venu d'un coup, non, pas du tout. C'était quelque chose qui tournait dans ma tête depuis longtemps sans que je passe à l'acte. Dans tous les couples, il y a des moments où l'on se pose des questions, où on se demande si on ne devrait pas plutôt tout arrêter. Chaque fois qu'il y a un conflit, enfin, pas chaque fois mais, à force, c'est vrai que ça s'accumule. On finit par s'interroger. Il me semble que c'était le week-end de Pâques mais je n'en suis pas certain. Ce dont je me souviens, c'est que la veille, à la télé, Gainsbourg était passé à *Sept sur Sept*. C'était la fameuse soirée où il avait flambé un billet de cinq cents. C'était énorme, j'étais scandalisé. Il y avait des gens qui n'avaient même pas ça pour leur paye et lui, il le cramait sous leur nez… Le lendemain, on ne parlait que de lui. C'était nul, quand je pense à tous ceux qui n'avaient pas de fric et qui voyaient ça…

C'est moi qui ai pris la décision de rentrer, alors que je venais d'arriver. J'ai dit « Assez, j'en ai assez de tout ça, je m'en vais et voilà ». C'est là que j'ai dû dire aux enfants quelque chose comme « Votre mère et moi ça ne va plus », enfin, quelque chose pour justifier mon départ, pour qu'ils comprennent.

Et je suis reparti comme j'étais venu. Je suis juste repassé à la maison prendre mes affaires. Des vêtements, des dossiers, j'ai vidé mes placards, pour ne pas laisser de trace. Aucune trace. À cause de ma femme. Je ne voulais pas lui laisser de prise sur moi, l'entendre m'appeler pour un oui pour un non, pour une cravate ou une paire de chaussures oubliée.

Après il y a encore eu des moments bien sûr, des petits bouts d'enfance çà et là, mais rien n'a plus été pareil. Après, tout a pris un goût de perte et d'abandon. Le goût des galets que tu ne lances plus dans la mer, parce que tu n'oses plus, parce que ça ne se fait plus, parce que la légèreté t'a quitté. Après, c'était pourtant bien avant la trahison, qui n'est venue que plus tard, des mois plus tard. Des mois où le père a pris ce petit studio qu'il a arrangé avec des draps qui sentaient le neuf, des lits superposés pour le gain de place et des tables faites de tréteaux et de planches parce que la situation ne saurait durer. Parce que ces mois-là sont juste une transition, parce que pour le moment le temps est suspendu, rien n'est vraiment tranché, sauf ce « Nous nous séparons », sauf ces deux logements entre lesquels tu apprends à naviguer, chez la mère la semaine, chez le père le week-end. La vie pourrait s'organiser tranquillement à ce rythme, sauf qu'elle ne s'organise pas. La mère pleure parce que c'est le père qui est parti, tu le sens clairement à présent, que ce « nous » qu'on t'a présenté comme un « nous » bien uni, bien harmonieux le jour de Pâques, que même ce nous est une folie.

C'était mon mari, et même s'il y avait des problèmes, je n'ai jamais voulu ça. Ça a été un choc ce jour-là, j'ai pris une vraie gifle. On avait préparé les œufs de Pâques et je ne m'y attendais pas du tout. Qu'est-ce qu'on prend comme chocs dans une seule vie. Les médecins disent que les cancers et les maladies, c'est à cause de tous ces chocs qu'on se ramasse dans la figure et puis, sur le coup, on ne réagit pas. Il a juste dit « Je rentre à la maison et quand tu reviendras il n'y aura plus mes vêtements ». Il était venu avec l'intention de le dire, j'en suis certaine. Il savait que j'étais là-bas pour quelques jours encore et que ce serait moins dur pour moi. Que je ne le verrais pas partir. J'ai pensé que le ciel me tombait sur la tête. Je ne pouvais pas le supporter.

Je n'ai pas pu rester dans cette chambre d'hôtel plus longtemps. Avec les enfants, on est allés chez des amis, je ne pouvais pas être seule. J'étais dans un sale état. Le soir ou le lendemain, je suis sortie en boîte de nuit. C'était un samedi, la boîte était pleine. Je dansais toute seule. C'était horrible, il faut croire que j'avais perdu la tête. Je me souviens, le lendemain matin, quand je suis rentrée, les amis qui nous hébergeaient étaient très gênés. Ils avaient changé d'attitude avec moi. Je suppose qu'une mère de famille que son mari quittait n'aurait pas dû réagir comme ça. Elle n'avait qu'à pleurer dans son coin. Je me sentais jugée. C'était lourd sur moi, le regard de ces gens-là.

C'était mon mari tout de même et s'il ne m'avait pas laissée, on n'en serait pas là aujourd'hui. Rien de ce qui s'est passé après n'aurait eu lieu. On ne quitte pas sa femme, surtout quand elle est fragile comme je l'étais alors.

Il y a l'appartement blanc, impeccable, du père, le weekend, son studio d'homme seul que tu n'oses pas investir, tant tu sens que tout y est fragile, fragiles les chaises pliantes premier prix, fragile la moquette claire que la moindre éclaboussure de Chocopops ruinerait, fragile le canapé qu'il faut déplier le soir et refermer le matin, fragile le père qui s'est laissé pousser la barbe et s'est remis à fumer. Tu te déplaces pieds nus ou en chaussettes, tu protèges la table avant de manger, parce qu'elle sert aussi de bureau à ton père, tu refermes doucement la porte quand tu sors des toilettes. Tu apprends à maîtriser tes gestes, ta voix, ton corps. C'est un appartement de passage, un lieu de transhumance. « C'est en attendant mieux, juste pour quelque temps, pour voir », a dit ton père. Le dimanche soir au McDo, alors que tu croques silencieusement dans un hamburger mou, tu évites de fixer son visage bouffi, ses yeux rougis derrière les lunettes fumées parce que l'heure de se séparer approche. Tu te gaves de frites et de milk-shake qui enfouit la tristesse et la peur tout au fond du ventre, sous des hectolitres de lactose. Tu apprends le pouvoir consolant des aliments. Vous mangez comme vous pleurez, le père et le fils, en silence. Au moment de se quitter, sur le trottoir, c'est toi qui as l'impression de l'abandonner. Ses mots sont des formalités, toutes ressemblantes, « Tu es sûr que tu n'as pas oublié ton cahier de liaison ? Ni tes baskets ? Je t'appelle mercredi, pas de bêtises, hein ! » Sa voix à laquelle il donne alors des inflexions sévères, stéréotypées, comme pour se reprendre lui-même, se retenir jusqu'au virage du bout de la rue où il pourra enfin laisser aller sa tristesse, après le dernier baiser sur tes cheveux qu'il ébouriffe d'un geste viril, « Salut mon fils ».

Ton sac à dos dans des coffres de voiture, des ascenseurs, des trottoirs en automne, des trottoirs en hiver, les pyjamas en double et les questions de la mère, qui se fiche de savoir si tu as passé un bon week-end mais t'assaille de questions sur le père. A-t-il demandé de ses nouvelles, est-ce qu'il a parlé d'elle ? Non ? Quel égoïste ! Après tout ce qu'il vous a fait ! A-t-elle rêvé ou a-t-elle bien vu à travers la fenêtre qu'il s'était laissé pousser la barbe ? Dire qu'il a attendu d'être seul pour le faire, quel idiot, et sinon comment va-t-il ? Mal elle espère, aussi mal qu'elle, ça lui apprendra à laisser sa femme seule, à la quitter, à vous abandonner. Et elle t'englobe à travers ce « vous » petit frère, comme si le père t'avait abandonné toi aussi, elle essaie de t'insuffler des pensées comme ça, tout le temps, que le père est un être dur, insensible, qui a fui ses responsabilités, s'occuper de sa famille, rester près de vous, pour le meilleur et pour le pire.

Tu es maintenant certain que pas une fois de leur vie tes parents n'ont dit « nous », pas même à Hardelot ce matin de Pâques, tu sais que ce nous est une fiction, un pur fruit de ton imagination et que le père est parti parce qu'il ne supportait plus sa femme, qui ne se supportait plus très bien elle-même. Est-ce pour cela qu'il a emménagé si vite dans ce petit studio précaire ? Et ta mère déballe, déballe, des semaines entières, à table, au téléphone, à ses amies, à qui veut bien l'écouter, tout le mal qu'elle pense de ton père, tous doivent savoir le monstre qu'il a été, l'enfer qu'elle a vécu. Maintenant qu'elle l'a perdu, il devient l'ennemi numéro un. Les insultes que tu entends malgré toi, un poison contre lequel tu ne peux rien, pas question de faire mentir la mère, d'objecter qu'avec le père, ce week-end, vous êtes allés à la piscine, qu'il t'a appris à plonger du grand bassin et que vous avez bien ri tous les deux à la descente de toboggan. Tu sens qu'elle ne te le pardonnerait pas, que les moments passés avec le père sont des moments coupables et les mots de la mère un venin qu'elle t'injecte à doses régulières. Tu es désormais son seul lien avec le père, à ton retour le dimanche soir elle te cuisine, te soutire des informations que tu finis malgré toi par lâcher, comme ces suspects qui finissent par balancer un nom chez les flics. De guerre lasse, pour avoir la paix tout simplement. Lorsque tu revois ton père le samedi, tu te sens coupable de haute trahison, fautif d'avoir entendu ces insultes sans avoir seulement réagi. Tu es un traître, un agent double qui devant chaque parent se recompose un visage différent. Tu dois leur faire oublier que tu es l'enfant de l'autre, gommer toute trace en toi de l'autre, tu dois apprendre à perdre la mémoire, même temporairement.

Tu es en CE1. Ton instit vous demande de l'appeler par son prénom, Éric. Il porte des jeans, des cheveux longs et, en cours de musique, il vous accompagne à la guitare folk sur l'estrade. Il vous emmène en classe verte et dans le bus du retour, toi et tes copains, vous hurlez tous en chœur le tube de l'année scolaire,

Le papa, le papa, le papa pingouin…
S'ennuie sur la banquise-heu

Le papa, le papa, le papa pingouin…
Voudrait faire sa valise-heu.

Le mercredi, quand tu n'as pas école, ta mère déprime. Pour toi, ça veut dire qu'elle reste dans sa chambre avec ses médicaments et qu'il ne faut surtout pas faire de bruit. Ne pas crier, ne pas courir, ne pas rire, chut, Tom, chut, maman est fatiguée. Tu imagines les petites pilules de couleur, roses, bleues, disposées en rang près de l'oreiller, ta mère leur racontant des histoires dont tu ne sauras jamais rien.

Vers seize heures, une voix d'outre-tombe te rappelle à l'ordre, « Café ! »

Tu te précipites à la cuisine, attrapes une tasse et puis du sucre. Quand tu entrouvres la porte de son antre, elle crie « Attention ! » pour que tu ne renverses pas la tasse sur les draps.

Tu restes près du lit, tu la regardes « faire canard » avec son sucre dans le café. Tu es chaque fois aussi subjugué par ce rituel qu'un sujet assistant au lever du roi.

Parfois, elle passe des quarante-cinq tours sur la platine, elle danse. C'est souvent les mêmes titres en boucle, d'abord Jackie Quartz, *Juste une mise au point / Sur les plus belles images de ma vie / Juste un p'tit clin d'œil, une mise au point !* Puis Chagrin d'Amour, *5 heures du mat' j'ai des frissons / Je claque des dents et je monte le son… C'est plein de Kleeeenex et d'bouteilles vides…* Elle crie en fermant les yeux *Je suis toute seule / toute seule / toute seule.* Tu voudrais lui dire que ce n'est pas vrai, que tu es là, toi, mais tout en mimant les paroles elle crispe les lèvres et serre les poings, tu la sens loin, ailleurs. Il y a surtout Cookie Dingler et son histoire de femme libérée qu'il ne faut pas laisser tomber. À l'école, les enfants reprennent à tue-tête *Ne la laisse pas tomber / Elle est si fragile / Être une crotte libérée, tu sais, c'est pas si facile.*

Ton père, de son côté, se motive sur les refrains d'Hervé Cristiani, *Il est liiiiibre Max / Il est liiiiibre Max / Y en a même qui disent qu'ils l'ont vu voler…* ou d'un mystérieux Henri qui porte des lilas, à qui ? Ça, tu ne le sauras jamais…

C'était pas vraiment un studio, mais un bureau que ma société me louait. C'était minuscule. J'ai dû revenir à plusieurs reprises à la maison, ma femme s'était fait hospitaliser et je ne pouvais pas laisser les enfants tout seuls. Elle passait de plus en plus de temps en maison de repos. Un soir, un médecin m'a appelé. Il voulait la mettre dehors. Il me disait qu'il était hors de question pour eux de la garder une nuit de plus. En fait, mais je ne l'ai su que bien plus tard, il y avait eu des histoires avec un autre patient... Elle perdait un peu la tête à l'époque... Elle flirtait avec un malade, ça ne plaisait pas du tout au personnel de la clinique. Elle n'était pas non plus dans son état normal, je ne dis pas ça pour atténuer quoi que ce soit, mais c'est sûr qu'à cette époque, elle était bourrée de médicaments. Du plus loin que je la connaisse, ma femme a toujours pris des anxiolytiques. Avec un frère et un père toubibs, c'était facile pour elle, elle se faisait prescrire tout ce qu'elle voulait. Dès qu'il y avait un problème dans cette famille, hop, anxiolytiques. C'est ça les familles de médecins. Et c'est vrai qu'on soigne encore beaucoup les gens comme ça en France. C'est bien le seul pays où quand vous dites, je ne me sens pas très bien docteur, on vous refile des cachetons. Ailleurs, ça ne se passe pas du tout de la même manière, on vous conseille des exercices psychologiques, des thérapies. On ne donne pas des médicaments pour un oui pour un non comme en France. Je ne veux pas minimiser mais tout de même, les médicaments, ça n'est jamais la seule réponse pour ce genre de maladie. Elle a eu pas mal d'électrochocs aussi. Elle avait une amie à l'époque, comment elle s'appelait cette fille, Danièle, ou Dominique, quelque chose en D, à moins que ce ne soit Michelle ? Elle se vantait tout le temps d'avoir eu des électrochocs. Je me demande si ça n'a pas déteint sur ma femme à force, si ce n'est pas elle-même qui a demandé à en avoir, des électrochocs. Je ne sais pas si ça lui a fait du bien, mais moi, à partir de cette époque, j'ai décroché, je ne m'y suis plus du tout intéressé.

Ta garde est confiée pour quelque temps au père parce que ta mère ne travaille pas, qu'elle a déjà bien du mal à s'occuper d'elle-même et qu'elle passe des séjours de plus en plus longs en maison de repos. Tu te demandes pourquoi ta mère a besoin d'une maison juste pour se reposer. Est-ce que sa chambre ne lui suffisait pas ? Est-ce que, malgré tous tes efforts, tu faisais quand même trop de bruit ? Tu te promets que quand ta mère reviendra, tu ne feras plus de bruit, plus de bruit du tout, tu seras l'enfant le plus discret de la terre.

C'est une période faste qui commence pour toi. Plus personne pour se plaindre, la séparation avec ta mère, au début, est un soulagement. Même si ton père rentre tard le soir, il y a les copains chez qui tu vas dormir le mardi, le premier argent de poche, la grande pièce de cinq francs, la petite pièce de dix, les sachets à la boulangerie que tu remplis de bonbons acides et translucides et dont tu te gaves avec ravissement. Les petites bouteilles de Coca, les soucoupes au goût d'hostie qui piquent sous la langue, les dentiers Dracula en guimauve rouge et blanche et les rouleaux de réglisse que ton père redoute par-dessus tout car il craint de les retrouver collés sous les banquettes arrière de sa nouvelle Renault 30.

Les week-ends redeviennent plus sereins, il y a toujours les matinées à la piscine, les jeux que ton père partage avec toi le dimanche après-midi, des jeux de garçon, maintenant que la mère est partie, un peu de place pour vous connaître tous les deux, le père et le fils, vous familiariser. Vous vous êtes si peu parlé pendant ces années, la logorrhée de la mère prenait toute la place. Elle vous a fait vivre comme des étrangers l'un à côté de l'autre, sans jamais communiquer autrement que dans le bain de ses paroles folles. Mais la folie s'est éloignée pour quelque temps, ton père t'emmène dans des boutiques de modélisme et t'achète des maquettes d'avions compliquées, des trains, des camions, ton père adore les camions, il s'arrête sur le bord des routes pour te les faire admirer sur les chantiers, il voudrait t'enseigner l'amour des beaux camions, l'amour du temps passé ensemble à coller les petits morceaux de plastique les uns aux autres, à recoller les petits morceaux de votre histoire.

C'est une période de grâce, une parenthèse, profites-en parce qu'elle ne va pas durer. Dans le petit écran du dimanche soir, Kermit la grenouille donne la réplique à un gros ours qui fait « ouf, ouf » et Peggy la cochonne se déchaîne en secouant son groin et ses cheveux gras. Elle incarne ce que ton père redoute le plus, les cocos, les rouges, les bolcheviques. Tu apprends à ne pas confondre coco et Coca, d'un côté les très méchants, de l'autre les gentils Américains, cet idiot de Pif contre le brave Mickey. La soirée de 1981 où le crâne dégarni de Mitterrand apparaît progressivement à la télé en lieu et place du crâne dégarni de Giscard est déjà loin. La vague ambiance de déception familiale qui s'est ensuivie ne t'a pas vraiment laissé de souvenir, pas plus que ce soir de défaite de l'équipe de foot française face à la RFA. Chez toi, on accorde bien plus d'importance aux divertissements télévisuels qu'à l'actualité nationale et internationale. En 1984, la guerre Iran-Irak bat son plein, l'URSS boycotte les JO de Los Angeles en pleine Guerre froide et le gouvernement de Pierre Mauroy démissionne, mais les vrais héros de la télévision, ce sont Stéphane Collaro, Benny Hill et Casimir, les hommes politiques et l'actualité internationale ne sont déjà plus que des éléments du décor, des prétextes à sketchs.

Dans les toilettes s'entassent les revues de ton père, *L'Écho des savanes*, *Hara-Kiri*, *Actuel*, les BD des *Frustrés* de Claire Bretécher, que tu trouves si mal dessinées. De temps en temps, ton père se souvient qu'il est de droite et se précipite sur *Le Point* ou *L'Express*, mais seule la presse satirique l'intéresse vraiment, et il aime rire, par-dessus tout. Dans sa chambre, planqués avec les tablettes de chocolat aux noisettes, il y a des numéros de *Lui* ou de *Playboy* mais tu es encore trop petit pour t'émouvoir sur la fille à gros seins du poster central – de toute façon ton père assure qu'il n'achète ces magazines que pour leurs reportages extrêmement bien foutus. Toi, tu penses surtout à collectionner les images d'animaux de la savane distribuées avec les plaques de chocolat Côte d'Or ou Merveilles du Monde.

Ta mère rumine, elle perd patience, elle élabore des plans pour te récupérer. Mais elle n'a plus de logement fixe, elle vit à droite, à gauche, chez une amie, un amant. Maintenant, chaque fois que tu la retrouves, elle est accompagnée d'un homme différent. Lui, c'est Luigi, il fait de la moto. Là, c'est Gérard, il fume de l'herbe. Il y a aussi Jean-Luc, chez qui elle s'installe quelques mois, c'est ton premier beau-père, premier d'une longue série.

La garde des enfants m'avait été retirée, mon mari ne voulait plus me parler. Il m'avait ordonné de ne plus mettre les pieds dans la ville où ils venaient d'emménager. Je n'avais plus le droit de venir du tout. Et moi, je ne pouvais pas vivre toute seule, je n'ai jamais pu vivre seule. Je me suis tournée vers mes parents, mais eux aussi ont refusé de m'héberger. Enfin, je suis restée quelques jours chez eux mais ils m'ont vite foutue dehors. Après l'enfance pourrie qu'ils m'avaient faite, ils tenaient là l'occasion de se rattraper, eh bien non, encore cette porte fermée. C'est pour ça que mes parents, après, il pouvait bien leur arriver ce qu'ils voulaient, moi, je n'ai jamais oublié cette porte fermée, au moment où j'avais le plus besoin d'eux. Je crois que mon père m'a dit « Tu peux bien aller te suicider », alors que bien sûr, mes TS à l'époque, c'étaient surtout des appels au secours. Mais ça, ils n'ont jamais voulu le savoir, le suicide, ça n'allait pas avec leur standing. Le docteur Baron et sa femme. Mon cul, oui. C'est à partir de cette époque que j'ai commencé à voter à gauche. Ça peut paraître con, mais ma conscience politique, elle n'est venue qu'avec la séparation. Avant, pffft… Mai 68 pour moi, c'étaient les préparatifs de mon mariage. Cette année-là, j'avais préféré faire publier les bans plutôt que réviser mon bachot, et pour les rattrapages de septembre, eh bien, j'étais à Capri, en voyage de noces… De toute façon, mon père m'avait toujours répété que j'étais trop bête pour les études. À mon frère, il disait « Toi, tu feras médecine, comme moi ». Et à moi, « Quant à toi, ma chère fille, ce sera l'école ménagère, comme ta mère ». J'ai toujours été différente, je les ai toujours gênés. Mais c'est bien à cause de leurs conneries que je suis devenue comme je suis. Ils ne m'ont envoyée à l'école qu'à l'âge de six ans. Avant, je restais à la maison. Je feuilletais des contes de fées, je faisais des scoubidous. Il y avait très peu de livres chez mes parents, je n'ai pas su lire avant… tard, vraiment très tard…

Ton père aussi a décidé de refaire sa vie, il n'y a pas de raison. Il n'y a pas encore d'Internet, pas de sites de rencontres en ligne, seulement le Minitel rose. Mais il y a les séjours du Club Méditerranée et, surtout, c'est le début des agences qui organisent des sorties, des soirées entre célibataires issus de la première grande vague de divorces, comme tes parents. Alors très vite, ce sont les premières belles-mères, leurs enfants avec lesquels tu es prié de t'entendre, pas question de contrecarrer les tentatives conjugales des adultes. La valse des beaux-pères, des belles-mères, de ceux qu'on te présente comme des demi-frères, des demi-sœurs, ce n'est que le début, voici ta nouvelle chambre, tu la partageras avec Marion et Antoine, mais c'est juste pour le week-end, pour les vacances, parce qu'on n'est encore sûrs de rien. Parce qu'on ne sait pas encore si ton papa et moi on va pouvoir s'entendre, si on va vous supporter tous ensemble. Période transitoire, mise à l'épreuve, merci de laisser les lieux comme vous les avez trouvés en entrant. Ces enfants avec qui tu sympathises mais que tu ne reverras jamais et ceux-là qu'on t'impose sans te demander ton avis, tu fais de ton mieux pour t'adapter. Malgré tes efforts, ton père ne parvient pas à refaire sa vie si facilement. Refaire sa vie, ça veut dire quoi, ça veut dire défaire l'ancienne, ça veut dire on recommence à zéro ? Et toi alors ? Tu fais partie de l'ancienne vie ? Tu te sens comme un morceau du passé, quelque chose qu'on pourrait regretter, c'est pourquoi tu te fais le plus discret possible, tu ne veux pas gêner.

Ta mère se fait plaquer par ton premier beau-père, tu rencontres le deuxième sans te douter qu'il le soit puisqu'il la quitte aussitôt. Ta mère est de plus en plus bizarre, il lui arrive de débouler à la sortie de l'école, elle est vêtue d'un pantalon léopard ou d'une minijupe en skaï, ses vêtements sont comme la preuve d'une vie étrange, qui n'a plus de rapport avec toi, ta mère vit dans un monde parallèle où les enfants sont remplacés par des chiens minuscules genre yorkshire ou chiwawa qu'elle brandit au bout d'une laisse dorée. Devant l'école, elle parle fort, elle hurle qu'elle doit récupérer ta garde, qu'on ne peut pas priver un enfant de sa mère, ou l'inverse. Elle fait des scènes devant tes copains, tes instits, tout le monde va finir par savoir que tu viens d'une famille à problèmes, tout le monde va savoir que tu as un problème. Tu as de la peine pour ta mère mais, surtout, tu as peur. Ta nouvelle mère te fait peur. Tu voudrais hurler toi aussi, mais tu te souviens que tu dois rentrer, tu as contrôle de maths demain, des devoirs à n'en plus finir qui t'attendent.

Le petit, à la sortie de l'école, je voyais bien qu'il était inquiet. Et son inquiétude commençait à me faire douter moi aussi. Est-ce que j'allais tout perdre ? Même l'amour de mon fils ? C'est vrai que je n'ai pas toujours assuré le quotidien avec lui, mais moi, quand j'étais gosse, personne ne s'occupait de moi non plus. J'étais seule, si seule. La plupart du temps, je restais avec les poules et les canards. Je me lovais contre eux au poulailler, je cherchais un peu de chaleur. J'embrassais les poules sur les yeux, c'était humide. Elles se mettaient sur moi, elles se nichaient. J'aimais les animaux. Ma mère ne m'a jamais touchée. Pas de baiser. Elle avait peur de moi, peur de l'affection. Elle mettait une robe de chambre blanche et bleue en nylon et d'épaisses couches de crème sur son visage pour qu'on ne puisse jamais l'embrasser. Dans le jardin, il y avait un coq très méchant, il me mordait. Ma mère ne voulait pas le tuer, c'était le chapon pour Noël. Quand le coq a été tué, j'ai enfin pu ressortir. J'aime tant Noël. Je crois que ce sont les seuls moments où j'ai été heureuse étant enfant. Où ma mère était gentille avec moi. Elle nous passait les chansons de Tino Rossi.

Chaque fois qu'il disait *Je n'ai pas été tous les jours très sage*, je fondais en larmes. Je craignais de ne pas avoir droit à un cadeau. Alors je demandais pardon à ma mère, pardon, pardon. En fait, je lui demandais pardon d'être en vie. D'être là. Jamais je ne me suis disputée avec ma mère, jamais un mot plus haut que l'autre. Jamais je ne lui ai parlé de ce qui s'était passé. Et d'ailleurs, est-ce qu'il s'est réellement passé quelque chose, dans le fond ? C'était plutôt une ambiance, un confinement… C'est pour ça que j'aime tellement les grands espaces et la nature aujourd'hui, c'est pour ça que j'ai tant besoin de respirer. Le matin, j'ouvre les fenêtres et je fais « De l'air, oh, de l'air ! »

Ta mère supplie, « Suis-moi mon chéri-je n'ai que toi-je vais me tuer si tu ne reviens pas-mon chéri-mon chéri ». Son discours est saccadé, et sa tête folle, sûrement à cause des nouveaux médicaments qu'elle avale, tout le monde la fuit maintenant, comme tu la fuis ces soirs-là. Tu sais qu'elle et ton père se disputent au tribunal, tu sais qu'un tribunal c'est un endroit où les parents se disputent devant quelqu'un, et tu espères que ce quelqu'un saura les mettre d'accord, tu espères surtout ne plus entendre ta mère crier devant l'école et pouvoir continuer à construire des camions de toutes sortes avec ton père, même s'il a moins de temps le dimanche, même si tu le vois de plus en plus distrait. Tu te dis qu'il doit penser au tribunal, et à ces mots nouveaux qu'il échange le soir au téléphone, « pension alimentaire », « prestation compensatoire ». Tu retournes ces mots dans ta tête mais, à la fin, tu buttes toujours sur les paroles de ta mère, qui répète que ton père est un salaud, qu'à cause de lui sa vie est foutue, que va-t-elle devenir mais que va-t-elle donc devenir ? Tu as peur pour ton père, tu ne veux plus des dimanches soir au McDo, tu détestes le McDo. Tu as peur pour ta mère, tu as peur.

C'est une période qui ne va pas durer, tout change toujours, tout est susceptible de changer du jour au lendemain avec des parents comme les tiens. Et le froid, le grand froid qui glisse sous ta peau et s'installe comme une sale bête, atteint tes os et ton ventre, ce grand froid qui se distille aussi vite que tes parents changent d'humeur, d'avis, de vie, de sentiments, cette grande peur.

Je me posais des tas de questions. Est-ce que ma femme était bien dans son état normal ? Ou était-ce moi qui avais un problème ? Je me disais c'est pas possible cette vie-là, on ne peut pas continuer comme ça, j'essayais d'en parler avec son père à elle, le grand-père Baron, il me disait « Elle a toujours été comme ça, ma fille, c'est pas si grave ». Comme il était médecin, je lui faisais confiance. Pour lui, c'était tabou d'avoir une fille malade. Surtout ce genre de maladie, les nerfs, tout ça. Mais moi, je pensais ça ne va pas, c'est pas normal de vivre des trucs comme on vit, ou alors est-ce que c'est moi qui ne vais pas bien ? Je ne savais plus trop si j'avais raison de penser ce que je pensais ou de ressentir ce que je ressentais… je ne savais plus. J'ai eu beaucoup de doutes et, à cette époque-là, elle m'a menacé dix fois de sauter par la fenêtre, de se tuer. Elle me disait qu'elle allait se foutre en l'air, et moi j'accourais. Chaque fois je tombais dans le piège, surtout au début, quand les enfants étaient encore avec elle. Elle disait « Si tu ne viens pas immédiatement, je saute ». Souvent, quand j'arrivais, c'était tout juste si elle se souvenait pourquoi elle m'avait appelé. Ce qu'il fallait, c'était que je vienne, c'est tout. Des fois, elle demandait aux enfants de m'appeler, pour me faire réagir. Je ne comprenais pas ce qu'ils racontaient au téléphone, ils pleuraient, alors bien sûr je m'affolais et j'arrivais. C'était encore ma femme malgré tout, je la savais si fragile. Mais à un moment, il a fallu dire stop. Voilà, stop. C'était elle ou moi, c'était simple. Sa peau ou la mienne. C'est d'ailleurs ce que j'ai expliqué au grand-père Baron, le jour où je suis allé lui annoncer que je quittais sa fille. Lui, il ne répondait trop rien, mais il n'a pas cherché à me retenir. Il savait, bien sûr, que cette séparation n'allait pas améliorer l'état de sa fille. Dans la situation où elle était, il paraît que ça l'a fait décompenser. Ça veut juste dire qu'au final, ça a été encore pire. Mais est-ce que je devais rester avec elle pour lui éviter ça ? Est-ce que j'étais une simple béquille ? J'ai toujours essayé de préserver mes enfants, mais en fait, je ne suis pas sûr… C'est pour ça que je ne veux plus avoir affaire à elle, plus jamais. Je tombe dans le piège chaque fois, elle vous prend dans son jeu tout de suite. En cinq minutes, ça y est, vous êtes cuit. Et c'est pour tout le monde pareil, pas que pour sa famille. C'est dur de faire la différence entre son caractère et ce qui est pathologique chez elle. Avec la maladie psychologique, tout est faussé. Dans ma famille, moi, on ne raisonnait pas du tout de cette façon. Dans ma famille, c'était pas compliqué : ou t'étais fou ou tu l'étais pas. La norme, c'était très important dans ma famille. Ma mère disait « Ça, c'est dans la norme, et ça, c'est pas dans la norme ». Mes parents, ils étaient un peu premier degré, non pas qu'ils étaient idiots, loin de là, mais c'étaient des gens simples, directs.

Le papa, le papa, le papa pingouin…
S'ennuie sur la banquise
Le papa, le papa, le papa pingouin…
Voudrait faire sa valise

On le sent nerveux
Un peu malheureux
Pas très bien dans ses plumes
Pour se calmer les nerfs
Il plonge dans la mer

Tu n'es pas le premier ni le dernier, des milliers peut-être, des millions après toi, tu es juste au début d'une longue série mais, dans ta nouvelle école, tu fais encore figure d'exception et le jour que tu redoutes le plus, c'est celui de ton anniversaire, le moment où la maîtresse indiquera sur la frise punaisée au-dessus du tableau, « mais c'est l'anniversaire de Tom aujourd'hui », les regards intrigués des autres, déjà déçus parce qu'ils ont beau chercher des yeux le cake recouvert d'aluminium et les sachets de bonbons sur le bureau de la maîtresse, ils ne voient rien, pas même un quatre-quarts industriel sous cellophane comme pour la petite Jo dont les parents n'ont pas les moyens, d'accord, mais ils le font quand même, eux, le minimum. Tu te sens humilié et lorsque c'est l'anniversaire des autres, tu n'apprécies pas le goût de leurs gâteaux, comme si tu n'y avais pas droit, comme si tu avais usurpé ta place parmi eux. Tu es devenu un enfant dont on ne s'occupe pas, et tu sens la suspicion – un enfant dont on ne s'occupe pas, c'est peut-être un enfant qui ne mérite pas qu'on s'occupe de lui. As-tu une tare, un défaut caché, quelque chose que les autres n'ont pas encore deviné et qui expliquerait cette absence de gâteau, cette mère qui ne ressemble pas aux autres mères et qui tape des scandales à la sortie de l'école ? Qui menace les enseignantes et se donne en spectacle, te fait honte honte honte ? Pas de fumée sans feu, si tes parents en sont là c'est peut-être de ta faute dans le fond, y as-tu déjà songé ? Bien sûr que tu y as songé et c'est même pour ça que ton sourire se fige sur les photos figées, sur toutes les photos, cette virgule qui barre largement ton visage, tu as opté une fois pour toutes pour ce sourire quand tu as compris qu'il y avait de l'huile sur le feu, que tu avais tout intérêt à te faire le plus discret possible, le plus souriant possible et le plus absent possible, quand tu as décidé de cette stratégie-là, pas plus bête qu'une autre dans le fond, te couper de tout, mode sourire, afin de signaler à ton environnement de plus en plus hostile que tu es là sans y être.

Il paraît qu'il y a pire petit frère, il paraît qu'il y a des familles où l'on ne divorce pas alors qu'il vaudrait mieux. Ce n'est pas à toi qu'il faut raconter ça, ce n'est pas le genre de pilule que tu vas avaler si facilement, pourtant ce sont des gens concernés qui le disent, des enfants de couples non divorcés non séparés qui disent « tout plutôt que la lente montée de la haine, pire, de l'indifférence, tout plutôt que le *statu quo*, et si vous croyez qu'on apprend l'amour dans une famille où il n'y en a pas ». Ce n'est pas juste pour te consoler petit frère, c'est pour que tu saches qu'au moins, dans ta famille de branques, tes parents s'aimaient se sont aimés à un moment, au début, il y a longtemps, le père ne peut parler de la mère sans pleurer et la mère ne peut parler du père sans hurler, ce sont des signes tu sais, l'indifférence, non, c'était pas ta famille, ta famille c'était beaucoup de choses mais pas l'indifférence et de ça tu pourras un jour t'enorgueillir petit frère, tu pourras revendiquer bien haut que l'amour tu l'as déjà vu, tu l'as déjà senti, même si ça ne dure pas, même si ça se transforme en poison en tristesse en colère, tout de même, ça existe, et tu seras capable de sentiments un jour, c'est sûr, contrairement à d'autres qui se demandent à quoi ça ressemble l'amour, contrairement à d'autres qui n'ont jamais vu, jamais senti l'amour et se posent bien des questions à son sujet. Toi non. Tu sais qu'il existe bien sûr, et qu'il disparaît.

Mais tu doutes petit frère, tu doutes qu'il y ait pire que ça, pire que les gens qui s'aiment et se séparent. Je vois bien que tu doutes et qu'il est plus que temps de parler de la trahison, de ma trahison, même si nous n'étions que des enfants et que dans ces cas-là peut-on vraiment parler de trahison ? Allons donc petit frère, ce gros paquet que je tiens serré contre moi depuis des années, il est temps que je l'ouvre même si tu répètes que le temps passe et que ce n'est rien.

La mère va mal, de plus en plus mal, plus aucun homme ne veut d'elle, ni le père ni Luigi ni Jean-Luc, elle est seule, incontrôlable, à la dérive. Elle disparaît pendant des mois puis resurgit, raconte qu'elle était à Paris, qu'elle a traîné dans les rues, qu'elle s'est perdue. Elle dit « J'ai rencontré quelqu'un qui m'a aidée ». Elle dit « C'était un clandestin, c'est pour ça que je ne pouvais pas te faire venir, c'était quelqu'un recherché par la police, il se cachait. On vivait dans un squat, c'était bruyant, y avait de la drogue, n'en parle pas à ton père ». Elle dit « Ce n'était pas un endroit pour les enfants, même s'il y avait des enfants, qui n'allaient pas à l'école parce qu'ils n'avaient pas de papiers ». Elle dit « C'était dingue, c'était tellement dingue, je ressentais les effets de la drogue sans me droguer ». Elle ajoute que bientôt, cet homme qu'elle a rencontré, un Noir elle précise, elle va le suivre dans une communauté, dans le sud de la France, qu'il y aura plein d'animaux, que ce sera loin d'ici. « Tu nous rejoindras dès que possible », elle conclut. Tu hoches la tête, tu es heureux de revoir ta mère mais tu aimes ton père, ta sœur, tes copains, pourquoi ta mère veut-elle maintenant

II. Sud

C'est pas comme un bijou
mais ça se porte aussi, un secret
Laurent Mauvignier

Quand tu rejoins ta mère pour les grandes vacances, tu la trouves changée. Elle porte de longues jupes à volants et des turbans dans les cheveux, elle est bronzée, plus jolie, bien plus jolie qu'avec ses jupes en skaï et ses pantalons léopard, et le chiwawa a été rapatrié depuis belle lurette à la SPA. C'est un autre genre de mère, tu la redécouvres, version hippie, tu n'es plus à un étonnement près. Elle vit maintenant dans un vieux château, sauf que ça s'appelle une abbaye, il y a là d'autres enfants qui considèrent tes vêtements de petit citadin avec mépris. Leurs parents vivent en communauté et cultivent les jardins alentour, pendant quelques semaines tu partages leur table, vous vous nourrissez exclusivement de céréales et de pâtés de légumes. Ta mère nettoie les marches de l'abbaye à grande eau, elle prie beaucoup. Te promet que bientôt tu pourras la rejoindre, que, sans toi, elle va mourir. Elle se raccroche à la vie, et sa vie, c'est toi. Tu es le fils qui peut la sauver, la première pierre à partir de laquelle elle pourra se reconstruire, tu es son seul espoir, toi qu'elle a toujours préféré petit frère. Pas forcément aimé mais préféré, ça c'est sûr.

Voici la scène clé petit frère, la scène qui explique tout mais certains diront non, cette scène ne suffit pas, il y a des circonstances, un contexte, bien sûr, je vais essayer d'être au plus juste, même s'il ne m'en reste rien, à peine le goût âcre et amer du cauchemar. Mais comment en vouloir à la mère, comment en vouloir à une mère si fragile ? Et c'est bien ça le problème, le problème avec les gens fragiles, difficile de les accabler encore, ils sont à eux-mêmes leur propre accablement même s'ils ne se gênent pas pour en éclabousser les autres. Que faire à part sourire, essayer de se protéger et attendre que l'orage passe ? Mais ce jour-là petit frère, personne n'a pensé à te protéger. Pas même ta grand-mère, qui assistait déconfite à la scène, pas même moi, ta sœur. La mère m'a dit en substance ceci, ces mots-là sont gravés petit frère, ces mots-là sont mon arrêt de mort, oh tu sais petit frère j'étais la grande sœur et ce jour-là je suis devenue si petite.

La mère m'a dit, à moi, la sœur, elle m'a dit « J'ai besoin de ton frère sinon je me fiche en l'air, tu sais ce que ça veut dire se fiche en l'air ? J'ai déjà essayé de me tuer avec un séchoir dans la baignoire, oui, exactement comme Claude François, on m'a retrouvée évanouie, je me suis ratée malheureusement, j'avais pris des médicaments et le copain chez qui j'étais, Jean-Luc, tu te souviens de Jean-Luc ? Vous étiez venus chez lui une fois, eh bien Jean-Luc m'a retrouvée inconsciente dans sa baignoire, il m'a emmenée aux urgences et moi je pleurais parce que j'avais voulu me tuer et que même ça, je n'avais pas réussi. Mais je vais recommencer tu sais, je vais recommencer si ton frère ne me suit pas, s'il ne vient pas avec moi ». Elle me regardait bien dans les yeux pour une fois, pas comme lorsqu'elle est dans sa logorrhée et qu'importe le public elle parle elle parle, non, là c'était un discours qui s'adressait bien à moi, je me sentais importante pour une fois et ça n'excuse pas mon attitude après, non, bien sûr ça n'excuse pas du tout mais ça explique, car je crois bien que c'était la première fois qu'elle me parlait comme à un être humain alors bien sûr je n'ai pas oublié ses mots, je m'en souviens comme si c'était juste il y a une minute, comme si elle venait de les prononcer, elle a dit en substance qu'elle avait besoin de toi, que moi, c'était pas pareil, moi, j'avais déjà douze ans, et j'avais toujours préféré mon père elle a précisé, et je faisais oui-oui, elle avait toujours dit ça tu sais, sa propre préférence, elle s'en dédouanait en me prêtant un amour immodéré pour mon père, elle disait « fille à papa », et quoi que je fasse j'étais toujours le portrait de mon père, j'étais bien sa fille, ça oui, aussi tordue que lui, alors que toi petit frère elle trouvait que c'était bien à elle que tu ressemblais. Elle avait décidé comme ça que le père et moi on était pareils et que toi et elle c'était kif-kif. Elle avait divisé la famille en petits groupes, à chacun son enfant, que chacun récupère ses billes. Je sentais bien que quelque chose m'échappait mais le raisonnement de la mère était clair ce jour-là, implacable, la mère n'avait jamais été aussi claire et ne m'avait jamais parlé comme ça, de femme à femme, on se partage le butin, je te laisse le père et moi je prends le fils, tu vois, ça se passait comme ça dans sa tête, on n'avait pas le choix, pas d'autre choix qu'être le petit mari de sa maman ou la petite femme de son papa, dans cette famille qui n'en était plus une depuis longtemps et se décomposait à vue d'œil.

La mère a continué, « Je n'ai aucun pouvoir sur ton frère, le juge en a confié la garde à ton père, tout ça à cause de ma maladie, mais je ne vais pas payer toute ma vie parce que je suis malade ? Est-ce qu'ils veulent que je me tue, c'est ça qu'il cherche ton père, que je me tue ? Il y a une seule personne qui puisse convaincre ton frère, une seule personne en qui il ait confiance, c'est toi, sa sœur. Fais ça pour moi ». Voilà les mots, voilà ses mots, mot pour mot. Des mots qui forcent le passage, qui entrent dans la tête pour t'obliger à faire ce qu'ils disent, qui ne te laissent pas en paix tant que tu ne les as pas réalisés, c'étaient plus que des mots, c'étaient des ordres.

Des mots qui séparent, petit frère, qui vont nous séparer, toi et moi, mais pour le moment, on ne se rend pas bien compte.

Alors j'ai répété ces mots, je les ai adaptés, j'en ai fait un autre texte, un autre roman, dont tu serais le seul lecteur, et ce serait notre secret. J'ai pris mon air de grande sœur protectrice et les mots pour achever de te convaincre sont venus tout seuls, une fois qu'ils étaient bien enfoncés dans la tête, une fois qu'ils avaient bien forcé le passage. J'ai sûrement dit « Tu dois aller vivre avec maman, petit frère, elle a besoin de toi, ce sera mieux pour toi, pour tout le monde, tu resteras chez maman après les vacances, tu vas te faire de nouveaux copains, et à la rentrée, une nouvelle école, c'est mieux, fais-moi confiance. On va écrire une lettre où tu dis tout ça, que tu veux aller chez maman. On va écrire une belle lettre tous les deux, tu es d'accord ? » Et tu étais d'accord bien sûr. Tu as recopié les mots de ta petite main maladroite, et tu as donné la lettre à ta mère. Tu l'aimais ta mère, même un peu folle, même un peu hippie, même tout à fait déprimée, c'était ta mère et tu étais content de faire ça pour elle. Pendant ces vacances, la mère n'a jamais été aussi attentionnée, un mot pour chacun, elle sait que la machine est en marche, elle serre précieusement la lettre dans son sac. Cette lettre qu'elle montrera au juge aux affaires familiales, plus tard, le juge est une juge et c'est plus facile, on se comprend mieux entre femmes, une femme qui a perdu la garde de ses enfants est une femme déchue bien sûr, la dépression, tout s'explique, une mère sans enfant c'est comme un corps sans jambes, elle ne peut pas tenir debout, elle a besoin de ses jambes, elle a besoin de toi petit frère, que tu la soutiennes, que tu sois là pour elle, les enfants sont faits pour soutenir les parents, dès leur plus jeune âge. La mère rayonne pendant ces vacances et ça fait plaisir à tous parce qu'on l'a connue au plus bas, elle sourit et tout le monde sourit. Toi, mon frère, ton petit air confiant et ton front bien clair, la mèche en accroche-cœur, large sourire qu'il neige ou qu'il vente, et fossette de circonstance, tu es sous influence, comme le veut la loi familiale. D'abord la mère, puis l'aînée, enfin le cadet. Verticalité, pouvoir. Le cadet obtempère. Ne moufte pas. Il sourit.

La mère est gaie, elle sait qu'avec une lettre pareille on lui rendra son petit garçon, son garçon parce que l'autre, la fille, c'est moins grave, elle ne s'est jamais entendue avec elle, elle n'en a toujours fait qu'à sa tête, c'est tout le portrait de son père, alors qu'elle reste avec lui. À quoi ça sert de divorcer si c'est pour garder sous les yeux le portrait de l'autre, comme un reproche, à quoi ça sert de se séparer si c'est pour que le passé se rappelle continuellement à vous sous les traits d'un enfant. *Tabula rasa*. La mère est bien soulagée, elle se demande si elle ne va pas baisser ses antidépresseurs, le psychiatre est un dingue, il la drogue, elle n'a pas besoin de tous ces cachets, elle va récupérer son petit garçon bientôt, il l'aidera, elle s'appuiera sur lui, hors de question de passer ses journées au lit puisqu'il sera là, elle ne pourra plus dire qu'il est minuit à midi puisqu'un petit enfant lui demandera qu'est-ce qu'on mange ou quand elle sera trop fatiguée ira faire les courses lui-même, « Prends des sous dans mon porte-monnaie, Tom, moi je n'ai plus la force, plus l'envie, je n'ai pas pu me lever ce matin mais ça va passer, peux-tu me préparer des œufs, et aussi aller chercher le courrier, peux-tu… je suis si fatiguée, si fatiguée… »

Quand nous sommes rentrés, tu as suivi à la lettre mes instructions, tu as annoncé au père que tu voulais rester avec ta mère, il te l'a fait répéter plusieurs fois, s'est dit que ça te passerait. Puis la lettre a atterri où elle devait atterrir, sur le bureau d'une juge. Une nouvelle ordonnance a décidé qu'on ne pouvait pas séparer une mère de son fils. Tu avais de médiocres résultats à l'école, tu commençais à répondre aux professeurs, alors le père a dit « Si c'est ce que tu veux vraiment, c'est peut-être mieux en effet ». La mère a dû donner la preuve que tu serais scolarisé, s'engager à prendre un logement où tu aurais ta propre chambre, et tu es parti.

C'est sa sœur qui m'a dit ça, je m'en souviens très bien, c'est elle qui m'a dit « Tom veut te parler ». Tom était encore petit, il se faisait prier, il ne savait pas trop, c'était souvent elle qui s'avançait pour lui. Comme apparemment il n'avait pas envie de parler tout de suite, c'est la grande elle-même qui a commencé, « Tom veut aller vivre avec maman ! » Au début, ça a été un sacré choc, je ne l'ai pas vraiment cru, j'ai pensé que ce serait passager. Et puis non. Ils sont revenus plusieurs fois à la charge. Moi, je croyais ce que j'entendais. S'il fallait toujours remettre en question les paroles des enfants, on n'en sortirait pas. Ils m'ont convaincu tous les deux que Tom voulait partir chez sa mère. Il n'y a pas eu que la lettre, il a dû passer devant une juge aussi. La juge l'a convoqué, j'étais avec lui bien sûr, il devait avoir quoi, huit-neuf ans, elle lui a demandé avec lequel de ses deux parents il voulait vivre, il lui a dit avec maman. Elle lui a demandé s'il en était bien certain, elle le lui a fait répéter à plusieurs reprises et chaque fois il a dit que oui. J'ai été très triste de cette histoire-là. Très triste. Mais ça ne s'est pas fait comme ça, par une opération du Saint-Esprit. C'était officiel, dans un tribunal, avec des avocats… D'ailleurs tout est stipulé sur des documents, je peux facilement retrouver les lettres, je les ai toutes conservées. Je me sentais déjà coupable d'avoir quitté ma femme. C'était une période très difficile pour moi. Je ne voyais que l'intérêt de mes enfants. Je me disais ce sont mes enfants, je veux qu'ils restent avec moi, je voyais bien que ma femme ne pouvait pas s'en occuper. Et là-dessus, le petit qui arrive et qui m'annonce… Je l'ai laissé partir, puisque c'était ce qu'il voulait. Puisque c'était son choix à lui. Mais ça a été pire que le divorce, bien pire. Surtout que, pour simplifier les choses, ma femme était partie s'installer dans le Sud. Je n'ai jamais compris pourquoi elle était partie aussi loin. Quand je lui avais demandé de s'éloigner, je ne pensais pas que ce serait à ce point. Au début, ça m'arrangeait, ces quelque mille kilomètres entre nous. Les enfants y allaient pour les vacances, on faisait chacun une partie de la route, ou ils prenaient le train. Mais dès que le petit est parti vivre là-bas… Quand il revenait pour les vacances, à la fois j'étais fou de bonheur et en même temps c'était un vrai cauchemar. Impossible de penser à autre chose qu'au moment où je devrais le remettre dans le train ou le ramener chez sa mère… Du coup, j'avais de plus en plus de mal à le voir revenir. Je crois que j'aurais préféré ne plus le revoir du tout à cette époque-là. Je ne savais que pleurer, sangloter…

Lui, je ne sais pas comment il a vécu tout ça mais pour moi, c'était l'horreur. Y a pas si longtemps que ça m'a quitté, cette tristesse-là. Chaque fois qu'on se retrouvait, ça me rappelait avant. Même des années après, c'était toujours la même douleur, identique. Maintenant, quand je vais le voir et que je repars, bon, je suis triste mais ça va. Maintenant, je ne pleure plus, mais c'est seulement depuis deux-trois ans, avant, c'était une souffrance… Ça a été encore plus dur le jour où Tom m'a dit, une fois, il était encore adolescent, il devait avoir quatorze-quinze ans, j'étais allé le voir, je ne sais plus à quel endroit il était à ce moment-là, j'avais passé une journée ou deux avec lui, on se baladait, et il m'a sorti, tout de go, il a glissé, comme ça, dans la conversation, « De toute façon, toi, tu ne t'es jamais occupé de moi ». Qu'est-ce que je pouvais répondre à ça, putain ? Il n'y avait rien à ajouter, parce que, comment dire… je me sentais déjà tellement coupable. Il ne se rendait pas compte, il n'a jamais su que je ne pensais qu'à lui pendant toutes ces années, qu'à lui, depuis tout ce temps… Quand il m'a dit ça, alors là, c'était pas possible…

Certains pensent que le divorce, ça ne sépare que les adultes. Chacun son gosse sous le bras et vogue la galère.

« Moi, je prends mes vêtements, la cafetière, et on fait comment pour le mobilier, c'est quand même moi qui l'ai payé ! Je garde la machine à laver, la table basse, mon fils et la vaisselle. Je te laisse les tapis simili-persans, le canapé et la hi-fi, ça te va ? Et puis ta fille bien sûr. C'est bien ta fille, ton portrait craché, tu peux te la garder. Elle et moi, on a toujours été chien et chat. C'est une question de caractère. Il y a des enfants dont la tête vous revient mieux que d'autres. Les gens qui disent le contraire sont des hypocrites. Moi, j'ai toujours eu du mal avec cette gamine. Elle a ce don de m'exaspérer, de me faire monter l'énervement en moins de temps qu'il n'en faut pour le dire, elle n'est pas douée pour grand-chose, mais pour m'énerver, ça oui. Alors qu'avec le petit, ça passe beaucoup mieux. Il est plus calme, plus doux, et surtout plus souriant. Il me ressemble tellement. Elle, c'est bien ta fille, aussi dure, sarcastique, insensible que toi. Depuis qu'elle est petite. À trois ans déjà, il fallait voir quel petit chameau c'était, elle me narguait, nous n'avons jamais pu nous entendre. Je me suis rattrapée avec le petit. Il est tellement… tranquille, adorable… C'est un bon petit père, jamais de crise, jamais d'histoire, rien. »

Certains pensent que le divorce, ça ne sépare que les adultes, chacun son gosse sous le bras, et vogue la galère petit frère.

Il n'y avait rien à faire avec leur père, il était trop fort pour moi. C'était le pot de fer contre le pot de terre. Je ne pouvais plus lui parler, il ne voulait plus me voir du tout. À ce moment-là, nous n'avions plus aucun contact, sauf par les avocats. On m'avait retiré la garde parce que j'étais malade. Je ne me sentais pas assez solide pour montrer à un juge que j'étais une mère responsable.

Il ne me restait que la grande. Je suis passée par elle parce que c'était la plus proche, je veux dire, j'arrivais encore à lui parler alors que les juges, tout ça, ce sont des gens loin, c'est loin tout ça… À qui d'autre je pouvais demander ça ? Avec un enfant, c'est plus simple tout de même, un enfant, c'est plus sensible. Je ne voulais plus être seule, je voulais retrouver une vie entourée de ma famille, de mon petit garçon, comme tout le monde.

Alors j'ai imaginé des stratagèmes. J'étais vraiment désespérée pour faire ça. C'était la dernière solution, je touchais le fond. Je me rappelle bien ce moment-là, je jouais mon va-tout. J'ai dit à la grande « Il faut que tu parles à ton frère, que tu lui dises de venir ici avec moi, tu sais, tu sais comme c'est dur pour moi ». Il y a eu cette histoire de lettre aussi, bien sûr, sans papier, je ne pouvais rien. Je ne sais pas pourquoi elle a accepté de faire ça pour moi finalement. Elle avait quoi, douze ou treize ans à ce moment-là. À cet âge-là, on sait déjà ce qu'on fait, non ? Moi, je pensais aussi que ça l'arrangerait de rester toute seule avec son père. Qu'elle serait contente d'être un peu tranquille avec lui, ils étaient très proches tous les deux. Mais je ne l'ai pas forcée, non, c'est que j'étais si mal et elle a dû le ressentir. Elle a dû comprendre comme c'était important. Peut-être qu'elle a fait ça par amour pour moi, ou alors qu'elle n'a pas su refuser.

La séparation entre les enfants, je n'y ai pas pensé à l'époque. Ça me surprend aujourd'hui quand je vois des enfants entre eux, quand je les vois jouer, ou même se disputer. Moi, j'ai été séparée de mon frère quand il est parti en pension, j'avais quatre ans. J'en ai beaucoup souffert parce que alors je me suis retrouvée seule face à mes parents. Sans allié. Encore un peu plus seule. Même si mon frère, il se moquait toujours de moi. Il me disait que je n'étais capable de rien. Il était très jaloux. Les frères et sœurs entre eux, c'est bien connu, ça ne se fait pas de cadeaux. Moi, je l'admirais pourtant. Il avait six ans de plus que moi.

On y croit, faut y croire, mais la vie, j'ai toujours pas compris comment ça marchait… Et plus ça va, moins je comprends…

Le père évite ta chambre, les maquettes ne l'intéressent plus du tout. Il reste ta cage aussi, celle où tu avais logé un couple de souris blanches qui est vite devenu une tribu de souris blanches. Le père l'avait découverte un soir et avait crié halte à l'infection, à l'épidémie, à l'ignominie ! C'étaient une trentaine de mammifères que tu hébergeais désormais, les souriceaux étaient tous plus ou moins malformés, déformés, des excroissances leur poussaient sur la tête, sur le dos, le spectacle était effrayant. Ton père les avait saisis et assommés un par un contre la faïence des toilettes, avant de les noyer, en tirant la chasse, comme s'il s'agissait de vulgaires fèces. Tu répétais « Mes souris, mes souris », hébété.

Désormais la cage est vide, pas de maladie, pas d'épidémie, tout est propre, impeccable. Est-ce ma faute si tu n'es plus là, Tom ? Est-ce ma faute s'il y a la France entière entre nous ? Le père ne connaît pas mon rôle dans l'affaire, ne se doute pas, le père croit ce qu'il voit. Devant la cage vide et les boîtes de maquettes à moitié défaites, j'apprends ma culpabilité. Personne ne t'a protégé petit frère, et personne ne m'a protégée de moi-même. J'avais douze ans et je les aurai toute ma vie. Dans les familles, les drames se jouent mais ne se disent pas. À chacun des protagonistes de rejouer sa propre bande-annonce. Qui tourne en boucle. Ce film que je me rejoue depuis des années, depuis mes douze ans, Tom. Impossible d'enclencher le suivant. Je suis restée coincée dans cette chambre petit frère, et toute ma vie sera ce jour de juillet où j'ai bradé notre enfance. Pourquoi ai-je si facilement lâché ta main cet été-là ? La grand-mère était pourtant là, elle aussi. Elle ne comprenait pas tout. « Les jeunes, ça divorce pour un oui pour un non aujourd'hui. C'est malheureux, concluait-elle en baissant la voix, surtout pour les enfants. »

Le Papa, le Papa, le Papa Pingouin…
Poursuit son joli rêve
Voilà qu'il se prend
Pour un goéland
Il fait de longs voyages
Il descend vers le sud
Jusqu'en Angleterre

Et voici Paris
Rome et Napoli
Les rives de Carthage
Et la Méditerranée
Que c'est beau l'été…

Vous êtes dans la chambre, tous les deux, le père et le fils, vous jouez, vous êtes bien. Le père et le fils, ça existe petit frère. Je sais les dimanches après-midi où vous passez des heures entières en compagnie de vos camions, vos locomotives, vos hydravions, je sais vos rires et votre complicité naissante depuis le départ de la mère. Je sais ce nouveau bonheur dont je me sens exclue, une fois de plus. J'attendais beaucoup du départ de la mère, j'attendais de reprendre une respiration, enfin, mais ces dimanches après-midi, tout le monde joue sauf moi. Il y a le père et le fils, j'en atteste, alors qu'il n'y a jamais eu la mère et la fille. Il y a le père et le fils, et ces dimanches, où tout le monde joue sans moi. Alors oui petit frère, quand la mère me propose ce marché de dupes, le père contre le fils, comme si tu étais un jouet petit frère, comme si tu étais mon jouet et que c'était jour de braderie, allez hop, promo sur les frères, j'accepte. La mère n'avait plus rien à perdre. Plus de mari, plus d'enfant. Et moi, je me croyais seule, comme je l'avais toujours été dans cette famille qui n'en était plus une depuis longtemps, et je t'ai vendu petit frère. J'avais douze ans et je n'ai pas résisté. J'ai bradé notre enfance.

Un père, c'est bien s'il est là, mais ce n'est pas indispensable non plus. Un petit garçon, ça a surtout besoin de sa mère. Tom avait besoin de moi, comme j'avais besoin de lui. Qu'est-ce que je serais devenue, moi, sans lui ? Et qui est-ce qui l'a porté pendant neuf mois ? On pourrait me retirer mon enfant comme ça, après m'avoir abandonnée ? C'était moi la brebis galeuse ? Des enfants sans père, il y en a des tas. Ils ne se portent pas si mal. Y en a qui tournent mal, bien sûr, mais il ne faut pas exagérer, ce n'est pas non plus la majorité ! Tom, très tôt, ça l'a responsabilisé, ça lui a fait prendre conscience des choses. De toute façon, il n'aimait pas l'école, il n'était pas fait pour les études. Moi, j'étais pareille à son âge, je détestais l'école, j'en faisais une maladie dès qu'il fallait y aller !

Des pères qui s'occupent de leurs gosses ? J'en connais pas tellement ! Non, un enfant sans père, c'est quasiment la norme. Alors que séparer un fils de sa mère ! Mais... ça crève le cœur ! C'est contre nature. Les enfants, c'est fait pour rester avec leurs parents, et si l'un d'eux se barre, qu'il assume ! On ne peut pas avoir le beurre et le cul de la fermière. Ça fait du bien à un garçon de s'occuper un peu de sa mère, ça lui apprend la vie. L'amour d'un fils pour sa mère, c'est… sacré. Personne ne peut empêcher ça, personne. Tom a toujours été très attaché à moi, il m'adorait. Moi, je voulais récupérer mon petit garçon et surtout, je ne voulais pas mourir. Si on ne m'avait pas rendu mon fils, je ne sais pas ce que je serais devenue, non, je ne sais pas. Pas grand-chose, ça c'est sûr. Je préfère ne pas y penser.

C'est un soir comme un autre, ça fait déjà quelques mois que tu es parti. Mon amie Fanny, ma meilleure amie, est passée chez moi après le collège. Toi, je ne sais pas où tu es petit frère, je n'ai pas trop de nouvelles, je sais qu'on se verra aux prochaines vacances, certainement, que je prendrai le train avec ma pancarte autour du cou pour te rejoindre. Cette pancarte qui signale, attention, enfant divorcé. À moins que ce ne soit toi qui viennes nous retrouver petit frère, rien n'est encore fixé, le père est absorbé par son travail, rentre tard, et moi, je suis avec Fanny. Il n'y a pas eu cours cet après-midi, la prof d'allemand était encore malade. Tant mieux on s'est dit, la grosse Kartoffel absente, ça nous arrange. On l'appelle ainsi car c'est le seul mot que nous avons retenu en deux ans d'allemand, *Kartoffel* = Pomme de terre. Avec Fanny, nous avons passé l'après-midi à parler des profs, des garçons accessoirement, mais ce n'est pas encore notre sujet de conversation numéro un même si Fanny est très en avance sur son âge, dévergondée disent les profs, elle met des jeans seconde peau qui moulent ses cuisses musclées et des foulards fluo dans les cheveux, c'est l'époque du look, on est bourge ou baba cool, gothique ou hardeux…

Le père de Fanny est fan de rock et, avec lui, fini les variétés et le Top 50. On écoute Lou Reed, Supertramp, David Bowie, je découvre un monde où la musique est si essentielle qu'elle dicte une certaine façon de s'habiller et grâce à Fanny la dévergondée je mets enfin des mots sur ce qui se passe une fois par mois dans mon corps : « C'est pas grave, ce sont juste tes règles », dit Fanny, et elle me prête mes premières serviettes hygiéniques alors qu'un mois plus tôt je m'affolais de voir le sang filer entre mes jambes. Fanny devient la personne la plus importante de ma vie, Fanny devient tout pour moi, une figure à la fois fraternelle et maternelle.

Ce soir-là donc, après le collège, alors que les garçons ne sont pas encore notre sujet de conversation numéro un, qu'on en parle encore comme de gros bêtas à boutons, mais pourquoi sont-ils si laids, pourquoi leurs voix sont-elles si étranges, on en parle à peine, on ne les voit pas vraiment, on n'est pas encore intéressées, il est tard, presque vingt heures déjà et Fanny la dévergondée veut rentrer. Elle n'a pas prévenu chez elle, ses parents vont s'inquiéter. Je lui désigne le téléphone, « Vas-y, appelle-les, dis-leur que tu dors ici ce soir, que tu restes avec moi, appelle tes parents, ils sont cool, ils s'en foutent de toute manière, que tu rentres ou que tu ne rentres pas… Je vais faire à manger, la boulangerie est encore ouverte, on va se préparer un repas à base de brioches suisses, tu aimes les brioches suisses ? Et puis des boules coco et des meringues, on va se faire un repas de fête ! Mon père m'a laissé de l'argent ici, je me sers comme je veux, je prends tout si je veux, on peut même s'acheter un américain à la friterie, tu veux ? Ça te plairait, Fanny, un américain ? Tu le préfères sucré ou salé, ce repas, alors tu te décides ? Il suffit que t'appelles tes parents, ils s'en fichent un peu que tu rentres, non ? Tous les parents s'en fichent, regarde mon père, il arrivera qu'on dormira déjà, ils s'en fichent, je te dis… On est bien toutes les deux ici, on dirait que tu resterais toujours avec moi, on dirait qu'on serait sœurs, tu veux bien ? » Mais Fanny s'énerve, elle a déjà un frère, et ses parents l'attendent, elle voudrait bien y aller maintenant, je vais finir par lui faire rater le dernier bus avec mes conneries, ses parents seront furax. Le concert de Supertramp où son père a promis de l'emmener en juillet pourrait bien être remis en question, et puis elle en a marre, Fanny la dévergondée, elle veut voir sa mère et puis c'est tout, elle veut que je la laisse passer, que je la laisse sortir mais j'attrape son bras, « Reste encore cinq minutes ». Je supplie, « Ne pars pas ». Elle me repousse. « De toute manière, j'ai fermé la porte à double tour. – C'est pas vrai, où sont les clés, où tu les as planquées ? – Je sais plus, viens, on va se faire un truc à manger et après on regardera la télé. Tu préviendras tes parents et tu verras qu'ils s'en fichent ! Tu comprendras qu'ils s'en fichent de toi, tes parents, comme tous les parents s'en fichent de leurs enfants, on est à deux, c'est l'essentiel, on est amies, n'est-ce pas ? N'est-ce pas qu'on est meilleures amies ? – Non ! crie Fanny la dévergondée, mes parents ne s'en fichent pas et ils vont s'inquiéter, ils m'aiment et je veux sortir d'ici ! »

Je serre les clés dans ma poche comme je serrais ta petite main dans la mienne lorsque nous courions sur la plage, petit frère. Mais les clés sont dures et froides. Et dans les yeux de Fanny, je me sens devenir folle. Est-ce que je pourrais la séquestrer ? Est-ce que je pourrais l'obliger à rester avec moi pour toujours ? Ses parents réclameraient-ils une enquête ?

Je finis par libérer Fanny. Elle s'enfuit sans me jeter un regard, je prends l'argent dans la cuisine et je descends moi aussi, j'achète toutes les brioches suisses de la boulangerie, « Je vous fais les quatre pour le prix de deux, dit la boulangère, demain elles seront invendables de toute façon », je remonte, je bouffe mes petits pains en ravalant mes larmes et je pense à toi, petit frère, où es-tu en ce moment, est-ce que tu existes vraiment ou ai-je rêvé qu'un jour j'ai eu un frère ? Est-ce que tu as disparu ? Non, puisque parfois, nous nous parlons encore au téléphone, quelques mots quand les parents en ont terminé. « Comment ça va ? – Et toi ? – Ça va ! – T'es sûr ? – Oui, oui… » Pas d'avis de recherche, ni d'affichette avec, sous ta photo, « Tom, disparu depuis le mois de novembre ». Tu n'es pas mort Tom, il y a juste mille kilomètres entre nous. Tu n'es pas mort Tom, mais tu as emmené une partie de moi avec toi, là-bas.

Le papa, le papa, le papa pingouin…
Revient de ses chimères

Le papa, le papa, le papa pingouin…
Redescend sur la terre

Le papa, le papa, le papa pingouin…
Adore sa banquise

Le papa, le papa, le papa pingouin…
Va brûler sa valise

Quand il est arrivé, mon fils m'a rejointe dans cette communauté quelques semaines, le temps de louer un appartement. Mais dès qu'on s'est retrouvés seuls tous les deux, j'étais mal, vraiment mal. Je priais toute la journée. Je me mettais sur un petit banc en bois et je répétais par cœur ce que j'avais appris à l'abbaye, « l'Arche avait pour voilure une vigne et gnagnagna et gnagnagna », je ne savais pas trop ce que ça voulait dire, mais j'ânonnais, je me serais raccrochée à n'importe quoi. J'étais au fin fond du trou. Le petit ne priait pas mais il me voyait faire, bien sûr.

Après, ça n'a plus été du tout, moral en chute libre. Alors on est retournés quelques mois là-bas. Pour moi, c'était juste un lieu où se poser, quand on n'allait pas bien. De toute façon, je n'avais pas le choix, c'étaient les seules personnes qui acceptaient de m'accueillir. Une communauté ça veut juste dire qu'on fait tout en commun. Franchement, y a beaucoup moins de dingues là-dedans qu'à l'extérieur. C'étaient des gens sensés, leur truc c'était la non-violence. Dès qu'il y avait un problème, il fallait se réunir et en parler tout de suite. Il ne fallait rien laisser passer, sinon c'était la violence qui s'installait. Les compagnons, comme ils s'appelaient entre eux, prenaient beaucoup de temps pour com-mu-ni-quer, pour s'ex-pri-mer… Moi, ça ne m'intéressait pas tellement toutes leurs réunions, leurs tralalas, franchement ça m'emmerdait. Il faisait froid, j'étais souvent dans le coton. J'étais surtout là parce qu'on n'avait nulle part où aller, mes propres parents m'avaient envoyée promener, qu'est-ce que je pouvais faire, moi, où je pouvais aller après ça ? Le week-end, il y avait des grandes fêtes qui duraient toute la nuit, j'allais danser, c'étaient des danses d'Israël, j'ai toujours aimé ça, danser. Je ne me suis jamais sentie en danger là-bas. J'avais confiance.

Le petit allait à l'école au village d'à côté. Tous les enfants de l'abbaye étaient scolarisés là, un bus passait les chercher chaque matin. Les plus grands s'occupaient des plus jeunes, comme ça se passe souvent à la campagne. Puis j'ai fini par rencontrer quelqu'un du village, il ne faisait pas partie de la communauté. Il s'occupait tout seul de ses trois garçons. Il n'avait pas de travail, il disait qu'il voulait partir, s'installer près de la frontière espagnole, qu'il connaissait des gens là-bas. Je l'ai suivi, avec le petit. Ces années-là, ensuite, on a pas mal bougé.

Dans ta chambre, tes maquettes toutes intactes. Personne n'a pensé à te faire suivre tes affaires. D'ailleurs, ce ne sont pas vraiment des affaires, juste des jouets. Les jouets d'un petit garçon de neuf ans, presque dix, ce n'est pas si important. Tu t'en passeras cette année en tout cas. Là-bas, tu as peut-être de nouveaux jouets, une nouvelle chambre, une nouvelle vie ?

Il paraît qu'il n'y a que les victimes qui se sentent coupables. N'empêche. Il me manque un petit bout d'enfance pour pouvoir composer. Un petit bout de la maquette, un petit bout de nous deux. C'est toi que je cherche dans chaque homme Tom, c'est toi qui fais qu'aucun ne suffit jamais, je cherche mon frère Tom, comme d'autres cherchent leur père, leur mère, se cherchent encore eux-mêmes. Je te cherche Tom, mais toujours tu disparais. Je sens souvent poindre la folie petit frère, pas que dans les yeux de mon amie Fanny. Je la sens dans les yeux des femmes et des hommes que je croise, je suis celle-là petit frère, celle à qui tu manques. Mais personne ne doit savoir Tom, personne ne doit jamais savoir. Ne pas se retourner et, toujours, se surveiller. Surtout, bien fixer les gens, ne jamais lâcher leur regard, surtout, que leurs yeux baladeurs n'aillent pas chercher du côté de l'enfance, du côté du frère.

On a vu un ragondin. On a vu l'eau passer les barrages en fer. On a vu les prunes rouler sur la colline. On a mangé toutes les sucettes. On a cherché d'autres couleurs. On s'est fait bronzer les cuisses au soleil. On a caché les peluches et les poupées pour qu'elles puissent se reposer. On a roulé jusqu'à la mer. On a écrit nos prénoms dans le sable. On a enlevé les pulls et les manteaux, les chaussettes et les chaussures. On a écrit des mots et des phrases et toute une histoire. Puis on n'a plus eu envie. On a eu froid. On a eu chaud. On est allés au pestacle, on a mangé avec des chourchettes. On a bu l'eau à la fraise, on a toussé, on a ri, on a couri, on a venu… On a secoué l'eau à la fraise et c'est devenu de la framboise.

Je me suis souvent dit que c'était dur de séparer une fratrie. Mais, pour les enfants, ça avait l'air d'aller. Ils avaient l'air de l'accepter assez facilement, d'autant plus que ça venait d'eux, tout de même. Le petit, il ne paraissait pas triste, il avait toujours son air tranquille, comment savoir ce qui se passait dans sa petite tête ? Je lui ai posé plusieurs fois la question, « Est-ce que ça va avec ta mère ? » Il disait oui-oui. Je n'insistais pas, je ne voulais pas le mettre mal à l'aise, à partir du moment où il y avait eu cette lettre, où il était passé devant le juge, la machine était en marche, moi, je ne pouvais plus faire grand-chose. C'est comme ça maintenant les divorces, c'est aux enfants qu'on demande avec qui ils veulent vivre. S'ils répondent je veux aller avec l'un ou avec l'autre, c'est au juge de trancher. Moi, je n'étais que le père, je n'avais pas mon mot à dire. Mais peut-être qu'on écoute trop les enfants, dans le fond. Ou alors pas assez. Peut-être que j'aurais dû faire quelque chose pour le retenir. C'était mon fils après tout. J'ai toujours eu peur de la justice, quand elle se met à fouiller dans la vie des gens, à mettre son nez dans vos affaires, ce n'est pas bon. Moi, je ne voulais pas d'ennuis. Je suis quelqu'un qui respecte la loi. Même quand elle est injuste.

Moi, avec mon frère, on avait juste un an d'écart. J'étais l'aîné et comme tous les aînés, j'ai essuyé les plâtres de l'inexpérience de mes parents. À Noël, on avait eu tous les deux un camion de pompier, c'était exactement le même jouet, un camion rouge avec une échelle double. Mon frère, il était plutôt maladroit, il avait cassé son échelle et du coup il disait que son camion c'était l'autre, le mien, comme ça il avait vite réglé le problème. Moi, j'étais assez soigneux, j'étais même très soigneux et je ne l'avais pas laissé faire, ça a été une de ces histoires... Mes parents m'ordonnaient de rendre mon camion à mon frère, ils disaient que j'étais le plus grand, que je devais montrer l'exemple, être raisonnable... Encore aujourd'hui, ça m'énerve rien que d'en parler, de cette histoire de camion de pompiers... Le mot d'ordre de ma mère à l'époque, c'était : pas d'histoires. Ce qu'elle voulait, elle, c'était qu'on soit une famille sans histoires. Dès qu'il y avait un problème, elle disait « Ce n'est rien, ça n'a pas d'importance ». Ce n'est pas qu'elle taisait les choses, c'est qu'elle se les cachait. Elle aurait perdu un billet de cent francs, maintenant ce serait mettons un billet de cinquante euros, elle aurait dit « Bon, tant pis, c'est pas grave », alors qu'à l'époque c'était vachement important et qu'on en avait besoin. On aurait dit qu'elle ne voulait pas reconnaître les choses. Jamais.

Nous étions semblables à ces êtres hybrides dont parlent les philosophes, mi-mâles, mi-femelles et qui pour avoir osé s'attaquer aux dieux ont été séparés. Comme eux, je recherche cet amour-là, qui de deux êtres tente d'en faire un seul. Je te cherche dans les films petit frère, je te cherche dans tous les livres, dans le sourire de mes amis, les yeux de mes amants, et dans ces heures que nous passons ensemble mais dont tu t'absentes, je te cherche où tu n'es plus, dans tes huit ans, dans mes douze ans, je te cherche là où nous ne sommes jamais allés, du côté de l'irréparable, de ces heures brisées. Je te cherche dans des boîtes à musique où nous nous disloquons en silence, jamais dans le rythme, hors tempo.

– Je fais un beau sourire à mon bonhomme. Des fois, il pleure un peu. Tu sais pourquoi il pleure mon bonhomme ?
– Oh, regarde le mien, il s'envole, il y a du vent !
– Il pleure parce que des fois, il est blessé comme ça, tu vois, il est blessé à la main. Alors je lui fais un nouveau bras, et une nouvelle main, et il

recommence mon bonhomme, il recommence avec son nouveau bras.
– Le mien, je vais lui faire un manteau, non, tiens, plutôt une robe. C'est une fille finalement.
– Pourquoi elle est toute petite ta fille ?
– Parce qu'elle est très loin là-bas…
– Moi, je veux bien jouer un petit peu avec elle, parce qu'elle a l'air de s'ennuyer.
– …
– Tu peux marquer le nom de mon dessin ?
– …
– Tu peux marquer : « La petite fille qui s'envole avec ses copains » ?
– Mais non, ça c'est le mien de dessin ! Tu racontes n'importe quoi ! Qu'est-ce que t'es nul comme modèle de frère ! J'me suis trop fait avoir sur la marchandise !
– J'suis pas nul, j'suis plus petit ! Tu peux écrire mon nom aussi ? Sur ma feuille ?

C'est dans ton regard que j'ai grandi, Tom, parce que c'est dans tes yeux que j'étais grande. Une grande sœur. Celle qui retient son souffle et relève le front pour ne surtout pas montrer qu'elle aussi, souvent, a les chocottes. Celle qui sait écrire son prénom, juste avant toi, celle qui trace le tien sur tes dessins et te jauge d'un air tantôt tendre, tantôt catastrophé. Mais le jour où tu es parti, devant qui je pouvais frimer, Tom ? Pour qui j'existais, moi, après ? Et toi Tom, qu'est-ce que tu es devenu ? Ô Tom, je sais que ce jour-là, j'ai trahi toutes les grandes sœurs de la terre. Toutes celles qui retiennent leur souffle et relèvent le front pour mieux s'élancer sur la grande piste de la vie. Suivies de près par leur cadet. De si près.

C'est dans ton sourire que j'ai appris l'amour Tom, c'est lui qui m'a portée, et m'a permis de traverser ces années sauvages, ces plages d'enfance. Et toi, où as-tu appris Tom ? Où as-tu appris à poser ce visage-là, si confiant, sur le monde et les autres ? Sur tous les frères et les sœurs de cœur que tu as recherchés à travers le monde, depuis, dans ta bourlingue de vie ? Ô Tom, l'amour s'apprend, et pour moi il a toujours eu ton visage.

– C'est le portrait craché du grand-père Maurice !
– C'est fou, le bas du visage, c'est Charles, je croirais avoir Charles devant moi, Dieu ait son âme !
– Et alors la miss, tu es contente d'avoir un petit frère ?
– Elle n'a pas l'air bien pressée de l'embrasser…
– Approche-toi ! Il ne mord pas !
– Qu'est-ce qu'il peut gigoter !
– Il ne serait pas un peu nerveux ?
– Tonique, pas nerveux !

– Ses petits pieds, on en mangerait !
– Pas si petits que ça, croyez-moi, plus tard, il fera un bon 45 !
– Ah vraiment, vous avez bien travaillé tous les deux, il est adorable ce bébé !
– Quel beau gars ça va être, il va en faire tourner des têtes !
– Sans compter qu'il a les yeux bleus.
– Est-ce qu'on est sûr qu'il va les garder bleus ? Je dis ça parce que sa sœur les avait clairs à la naissance elle aussi, et maintenant, regardez comme ils ont foncé !
– La pauvre ! Elle est mignonne quand même !
– Hein que tu es mignonne quand même, ma chérie ! Cesse de faire ta timide, viens embrasser ton petit frère !

Les grands n'ont jamais rien compris. Les grands ont oublié qu'ils avaient eu un frère, une sœur, ou simplement un ami, un alter ego. En vieillissant, ils taisent cet amour-là, ils le changent en autre chose, de plus commun, de moins magique, ils oublient qu'avec l'eau à la fraise, un jour, ils ont fait de la framboise, ils oublient qu'ils ont transformé le plomb en or, le sable en château, la chambre en piste de danse, ils oublient les ragondins, les pestacles et les prunes qui roulent sur la colline. Ils oublient de s'émerveiller, ils ne peuvent s'empêcher de comparer, de réduire, d'essayer de contrôler ce qui ne se contrôle pas. Les grands aussi ont peur, Tom, peur de l'amour et de ce qui leur échappe.

Mes enfants se sont mis à se liguer contre moi, je les entendais jouer mais je me sentais exclue de leurs jeux. Ils étaient là mais j'étais seule quand même. Souvent, ils s'enfermaient, ils passaient des après-midi entiers à dessiner, à raconter des bêtises, à faire je ne sais quoi, et moi, toute seule dans mon coin, je m'ennuyais. J'aurais bien aimé participer, mais je ne savais pas, je n'ai jamais su jouer, personne ne m'a appris, ou bien alors j'ai oublié. C'est ça, je crois bien que j'ai oublié, j'étais une enfant si solitaire. Je les entendais rire à travers la maison et je me disais que c'était contre moi, ça me mettait en furie. J'aurais bien aimé en prendre un pour taper sur l'autre. Au début, le petit était plus proche de moi, alors que la grande, très vite, dès l'âge de trois-quatre ans, elle s'est mise à me répondre, à me prendre de haut. C'était vraiment une petite peste à l'époque, une chipie. Elle refusait de m'embrasser, de me câliner. Elle ne venait pas vers moi, c'était une petite pas du tout affectueuse, voilà. Elle me rejetait. Il faut dire qu'elle était du signe du Scorpion, comme moi. Et les Scorpions entre eux... c'est écrit dans tous les horoscopes, Scorpions, surtout, évitez les Scorpions! On avait le même caractère, alors, évidemment, on se bouffait le nez. Je m'entendais mieux avec son frère, il était plus doux, toujours souriant…

Elle, elle préférait son père et c'est toujours resté. Alors quand leur père n'était pas là, je me rattrapais, je m'emportais facilement, j'avais souvent des mots violents, c'est que j'étais vite énervée. Je n'avais aucune patience. Peut-être que je n'étais pas faite pour avoir des gosses, dans le fond. C'est sûr, est-ce qu'on peut avoir des enfants quand on est soi-même restée enfant ? Je veux dire, au niveau psychologique ? Aujourd'hui, les femmes attendent trop longtemps, elles ne font plus d'enfant du tout, et après, elles regrettent. À l'époque, c'était le contraire, c'était trop tôt. Quand j'ai eu mes enfants, j'étais encore une gamine moi-même, je rêvais de je ne sais quoi, d'une vie frivole, de danses, de fêtes, mais je n'ai pas eu le temps de m'amuser. J'ai épousé leur père à dix-huit ans, j'ai fait ma crise d'adolescence à trente, et voilà.

III. Les pôles magnétiques

la connaissance
a reconduit
l'homme vrai
dans ce pays
dont il n'avait
jamais été l'hôte
mais où il lui fallait
absolument
revenir

Charles Juliet

Les premières vacances où l'on se retrouve. L'importance des vacances, le temps, désormais décompté, calendrier, zone A, zone B. Pour les enfants divorcés, les périodes de fête et de congés ne résonnent plus avec la même allégresse, la même insouciance. Elles annoncent de nouvelles séparations, laissent présager de nouveaux abandons, soulignent leur différence. Les autres partent à la mer, à la campagne, au centre aéré ou restent en famille. Quoi de plus normal ? Nous, on se retrouve afin de se rappeler que le reste de l'année, nous sommes séparés, si nous l'avions oublié. Nos parents nous échangent sur des aires d'autoroute, à des stations de péage. À mi-distance entre le domicile de l'un et celui de l'autre, à mi-chemin exactement, c'est le juge qui en a décidé, c'est le juge qui a tranché. Personne ne fera un kilomètre de plus que ne le prévoit la loi. Personne ne doit être le dindon de la farce ni se faire avoir dans l'histoire, mi-distance, mi-parcours. Permutation des véhicules, puis les mots doux, « Elle va bien ta connasse ? – Arrête ça tout de suite, pas devant les enfants ! – Il faut qu'ils sachent qui est leur père… – Je me casse ! – Pas si vite, attends, s'il te plaît, attends ! » Quand nous repartons avec la mère, elle tremble, elle pleure et même sur l'autoroute, se perd, manque la bretelle du périphérique, brandit des cartes routières, des plans qui ne sont jamais les bons, elle fulmine. Sur la banquette arrière, nous échangeons des clins d'œil qui voudraient dire « Ne t'inquiète pas ». Nous sommes invariablement dégrisés, stupides, sonnés. Quand c'est le père, il peine à masquer ses larmes, il sanglote sans dire un mot, et nous partageons son drame. Nous sommes en transit. Nous voyageons, mais toujours sur les mêmes lignes, toujours les mêmes villes sur notre parcours, les mêmes stations. Nous revisitons indéfiniment le même pays, celui de notre enfance désenchantée.

> *La mère prépare de la purée. On chante comme dans la publicité, « Quand je fais de la purée Mousline... » La mère nous colle une claque à chacun pour nous faire taire. Ce qui est bien, avec la purée Mousline, c'est que les larmes qu'on y verse en l'avalant y ajoutent du sel et de l'eau. Rien ne se perd.*

Te revoir, c'est maintenant faire une pause, vivre un moment hors du temps, qui n'a plus aucun lien avec le quotidien. Nous ne connaîtrons plus ces moments que sont censés partager les frères et les sœurs : les rituels du soir après l'école, les bouderies, les courses-poursuites et les dérapages contrôlés à pieds de chaussettes autour de la table de la cuisine, tout ça est bien fini. Les après-midi déguisés, toi Zorro, Tarzan ou David Crockett, moi, Candy ou fée Clochette, terminé. Nous dévorons chacun de notre côté ces séries dont les héros sont des enfants. Ils vivent en bande, entre eux, à l'abri des adultes. Ils traversent le monde pour élucider les affaires les plus inextricables, et, là où leurs aînés ont échoué, ils triomphent. Toujours avec le sens de l'humour, avec cœur, élégance. Nous rêvons de leur ressembler. J'aimerais être Fantômette et régler leurs comptes aux aigrefins. Avec l'aide de Ficelle et Boulotte, je donne du fil à retordre au Furet, je déjoue les plans maléfiques du Masque d'argent, risque ma vie et m'en tire par une pirouette pendant que les affreux me maudissent du fond de leur prison. Toi, tu es Esteban, en compagnie de Zia et de Tao, tu te lances à la recherche des mystérieuses Cités d'or. Rien ne nous est plus interdit, rien ne nous semble plus impossible, nous rêvons nos vies le mercredi après-midi devant les dessins animés comme dans les collections de la Bibliothèque Rose, puis Verte. Nos pouvoirs sont sans limite, nous développons de doubles, voire de triples identités, nous sommes des superhéros, nous devenons invincibles.

Les sous-pulls en nylon, bordeaux ou gris, moulants, avec l'étiquette qui gratte. Le passage pour la tête est si étroit qu'il faut le forcer en l'enfilant, les fils

craquent légèrement. La mère, « Attention, ce que vous êtes brutes ».
Dans le miroir, ton visage en sueur, rougi par l'effort, les cheveux hérissés sur le crâne, à cause de l'électricité statique dégagée par le nylon.

On nous enverra chez des psychologues chez qui nous nous sentirons stupides car nous ne parviendrons ni à parler, ni à dessiner. Pas un dessin, pas même un pauvre dessin avec un foyer en feu ou une mère flagada, rien. Une séance, deux séances, trois séances sans mot dire. Les spécialistes en concluront que nous avons sans doute besoin d'un peu de temps pour traverser cette période difficile, revenez plutôt nous voir dans quelques mois. Nos parents seront soulagés d'entendre résonner ces mots, « traverser une période difficile », c'est toujours rassurant d'entendre un professionnel poser ses termes, même simples, sur nos vies chaotiques, et mettre un sens là où il n'y en a aucun.

On a vingt ans à nous deux. Les parents sont sortis. Je t'invite dans ma chambre : soirée disco. On a branché le mange-disque et réuni tous les quarante-cinq tours. Ça commence avec Lio, « Banana Banana », il est question d'un abominable homme des neiges, nous ne comprenons pas toutes les paroles, nous reprenons en hurlant, « Banana slip ! » On enchaîne les tubes, « On est arrivés, dans les jardins du Ciel / J'ai marché pendant mille années, mille an-nées / T'as le look coco, coco t'as le look / T'as le look qui te colle à la peau, ô ô ô ô / Amoureux solitaires dans une ville morte, amoureux imaginaires après tout qu'importe », nous bondissons sur le lit, « Que nos vies aient l'air d'un film PAR-FAIT ! » Le top pour danser, c'est « Cocotiers », des Costa, « Je largue tout, j'veux plus rentrer chez nous / J'en ai marre du ciel gris, de la pluie, de Paris / J'veux mon coin de paradis… » On se déchaîne tant et si bien qu'on s'en tord les chevilles, on s'écrase sur la moquette de la chambre en hurlant à la mort pendant que les frères Costa s'en donnent à cœur joie, « Cocotiers, plages dorées / Vahinés, ukulélés, tête au soleil et pieds d'acier ! »

Nous prendrons des trains Corail, des wagons-lits, est-ce que tu as pensé à faire pipi, il y aura des gares et des retards, des blousons, des sacs et des pulls qu'on oublie quand même. Des contrôleurs très gentils, des hôtesses si rassurantes qu'on voudrait rester avec elles, des club-sandwichs et des cakes aux fruits sous cellophane, des ballons de baudruche multicolores pour faire passer la pilule. Il y aura des changements à Paris, des tickets de métro, des jeunes gens bien polis qui nous accompagneront. Nous serons pris en charge, orientés, soutenus, entourés de mille précautions, nous nous sentirons fragiles. Il y aura des paysages, la ligne 5 Place d'Italie, la 4 Porte d'Orléans, des tunnels et des horizons, des champs jaunes et des champs verts, des petites maisons dans la prairie, des châteaux, des moulins et des voitures qui font la course avec le train, des bosquets, des pylônes électriques qui deviennent des géants et s'élancent dans les champs pour rattraper leurs enfants, des vignes, des épouvantails, des meules de foin, des toits ocre et des toits bruns, des arbres et encore des champs et encore des arbres… Et des nuages hauts, des nuages bas, qui se déplacent avec une lenteur exaspérante, n'arriveront-ils jamais à destination ? Des quais n° 3, des voitures n° 15, des places n° 67 ou 83, des sièges inclinables et des petits cendriers sous l'accoudoir, des filets pour caler sa bouteille d'eau minérale et des enfants à qui nous n'inspirerons pas confiance malgré nos sourires. Il y aura des sapins qui nous salueront sur notre chemin, des vignes qui nous feront des pieds de nez, des peupliers qui nous comprendront et des cerisiers en fleur qui nous accueilleront. Lorsque tu reverras ton père, tu ne sauras plus quoi lui dire. Même à ce moment-là, la tristesse d'être séparés prendra toute la place. Et comme il vous sera impossible d'en parler, elle restera là, immense, et empêchera tous les autres mots, les autres pensées. Tout ce que vous direz pour essayer de la cacher sonnera faux. Ton père proposera de t'emmener au cinéma. Ou dans les magasins. Pour t'acheter des jouets, des vêtements, des choses, rien que des choses, pour combler le bruit du silence.

Et puis, petit à petit, mois après mois, année après année, la tristesse fera place à la colère. Colère contre ces retrouvailles qui n'en seront plus, contre cette impuissance du père à contrôler la situation, à te protéger. Un père, normalement, c'est fort, ça repousse les méchants et les extraterrestres. Pas le tien. Lorsqu'il te déposera sur une aire d'autoroute ou à une station de gare, tu lui en voudras. Tu devrais l'insulter, te révolter, mais tu ne pourras rien face à ses larmes, tu as hérité d'un père larmoyant, et toute ta vie tu resteras désemparé face aux larmes et à la tristesse, toute ta vie tu céderas devant elles. Et cette colère qui grandit en toi, au fond, tout au fond, qui ne doit faire de mal à personne, surtout, qui ne doit atteindre ni ta mère, si fragile, ni ton père, si triste. Ta colère tu la garderas pour toi, elle ne regardera que toi, débrouille-toi avec elle petit Tom, ta colère, sache qu'elle n'intéresse personne.

Dolto avait une émission sur Europe 1. Moi, j'étais souvent en voiture pour mon travail, je me rendais sur des chantiers, et sur la route j'écoutais la radio. Dolto disait qu'il fallait écouter les enfants, ce qu'ils avaient à nous dire, les prendre en compte. Elle insistait sur le fait que les enfants étaient des personnes à part entière et qu'ils méritaient d'être entendus, considérés dans leurs demandes. Et ça m'intéressait beaucoup, d'abord parce que ça me renvoyait à mon éducation où c'était tout le contraire, où j'avais été complètement anéanti, enfin c'est peut-être pas le mot anéanti qui convient le mieux, mais en tout cas où je n'avais pas été respecté. Et puis moi, surtout, je me disais que je ne ferais pas la même chose avec mes propres enfants. Je me suis toujours dit, toutes les conneries qu'on a faites pour moi, je ne veux pas les refaire, j'en ai trop souffert. Je ne veux pas que mes enfants subissent ce que j'ai subi.

J'aurais voulu lui en apprendre des choses à Tom, mais il est parti si vite. S'il était resté on aurait pu jouer au football ou au volley, c'est ça que j'aurais aimé lui transmettre aussi. Je ne crois pas que je lui aie appris quoi que ce soit. Mais c'est sûrement une erreur de ma part, on apprend plus en montrant l'exemple qu'en disant « Bon, allez, viens, je vais t'expliquer quelque chose maintenant, et surtout regarde bien… » Non, il faut vivre normalement et ce sont nos enfants qui nous voient faire. C'est l'observation qui les fait grandir.

Dans notre chambre d'enfant, un coffre blanc en osier. Comme dans l'émission L'Île aux enfants, *que nous ne manquerions pour rien au monde. Dans* L'Île aux enfants, *le coffre est aussi l'entrée d'un mystérieux terrier dans lequel habite Léonard, le gentil renard.*
Régulièrement, nous inspectons le coffre blanc à la recherche d'une issue. Pas à droite, pas à gauche, y aurait-il un double fond ? Nous sommes persuadés que le jour où nous découvrirons le passage secret, Léonard nous conduira au pays de Casimir.

Nous nous verrons de loin en loin. Deux fois par an. Une fois par an. Nous nous retrouverons pour les grandes occasions, les fêtes, les communions. Nous serons apprêtés, guindés, de plus en plus cérémonieux l'un envers l'autre. Nous deviendrons trop polis, policés. Je ne t'appellerai plus « Toto », je ne te tapoterai plus la tête avec ce petit geste caractéristique, comme Benny Hill sur le crâne du petit chauve dans les séries du dimanche soir. Aux réunions de famille, lorsque nos cousins se disputeront, nous resterons figés, interdits. Ces façons de faire entre frère et sœur nous seront devenues étrangères. Quand mon cousin commencera à railler son cadet, je détournerai le regard, gênée. Je ne te charrie plus, Tom, ça veut dire, je ne te connais plus. Ça veut dire, nous voilà tous les deux, comme deux cousins endimanchés.

À la plage, vers seize heures, on a le droit à une glace. Bien avant l'heure, nous nous rapprochons discrètement du tableau coloré où figurent les photos et descriptifs des desserts. Je ne sais pas me décider entre un esquimau et un cône. Toi tu prends invariablement un sorbet aux couleurs chimiques, qu'on appelle un « pousse-pousse » parce qu'il faut pousser sur le manche pour le découvrir. Tu suçotes ton glaçon durant un temps infini, bien après que j'ai englouti ma crème glacée. Alors je te supplie, « Laisse-moi goûter », « S'il te plaît », en prenant garde à ce que la mère ne m'entende pas car alors elle me traiterait de « pourchiotte ».

Nos retrouvailles se passeront le plus souvent chez la grand-mère, c'est un lieu neutre, plus pratique pour tout le monde. Plus d'endroit à nous, plus d'intimité, nous ne nous verrons plus que sous le regard des adultes, notre mère, les grands-parents, les tantes, les cousins qui nous reluqueront avec un air apitoyé sans se douter que nous sommes des précurseurs petit frère, que notre famille n'est qu'une des premières sur la longue liste des divorces à venir, qui les toucheront eux aussi bien sûr, qui les toucheront tôt ou tard, qui n'épargneront personne, ni cousin, ni cousine. Mais pour le moment, nous sommes encore ceux que l'on plaint par-derrière, la consigne a dû être donnée, ne parlez pas du divorce devant vos cousins, ils sont déjà assez malheureux comme ça.

Le dimanche, on va au parc Barbieux et c'est affreux. Le père et la mère marchent devant. Nous, on doit garder notre place d'enfants, derrière ou plus loin, mais pas à côté, « Un peu d'air, ouste ! » J'essaie de passer le temps en te racontant des blagues, mais tu ne les comprends qu'à moitié, tu ne ris jamais au bon moment. Nos trois ans d'écart ne m'ont jamais autant pesé. Nous nous efforçons de marcher côte à côte, comme un couple mal assorti, un minicouple qui n'échange plus un mot, à l'image des parents qui avancent en silence.

Le plus beau moment de ma vie, à moi, ça a été la naissance des enfants. Mon mariage non, j'étais trop stressée, je n'en ai pas profité. Avec leur père, on a cru qu'avoir des enfants, ça nous ferait du bien, que ça occuperait mes journées. Sa mère à lui, elle répétait qu'on était des égoïstes, qu'on ne pouvait pas vivre juste pour nous, sans enfant, que ça ne se faisait pas. Je me disais pourquoi pas, si j'ai un enfant, je pourrai me promener avec lui, je ne serai plus toute seule. Et puis, après le premier, il ne fallait pas attendre trop longtemps avant d'en faire un deuxième, c'était ce qui se disait, ce que j'entendais.

La vie, ce n'est pas toujours des choix, ça dépend de très peu de chose parfois. Le petit, on l'a fait parce qu'on était en vacances, on était un peu euphoriques et on est partis faire la sieste. La mère de mon mari se reposait dans la pièce juste à côté, je savais qu'elle allait nous entendre faire l'amour, je voulais l'emmerder un peu, lui montrer que son fils et moi, on s'aimait.

Avant la naissance des enfants, on a eu de bons moments avec mon mari. Je sortais, je me maquillais les cils, je me mettais des paillettes sur le visage. Le week-end, mes parents venaient déjeuner à la maison, je préparais des turbos sauce hollandaise et des cassolettes de poisson. C'était la belle vie.

Longtemps, j'ai pensé que les autres étaient heureux, qu'ils n'avaient pas de problèmes. Que tout se déroulait facilement pour tout le monde. Je me croyais seule à être mal, je me sentais différente, maudite. C'était très violent. C'est plus tard que j'ai commencé à ouvrir les yeux et à voir que la vie, pour personne, n'était un conte de fées comme je l'avais cru.

Devant la grille de l'école privée, on est toujours les derniers, été comme hiver. Les instits passent un à un devant nous, j'évite leur regard. Je serre mon cartable entre mes jambes, je ne pleurerai pas devant toi petit frère.
À un moment, je reprends espoir, « Et si elle nous avait oubliés pour toujours ?
– Tu veux dire comme le Petit Poucet ?
– Peut-être qu'elle est juste morte, qu'elle a eu un accident... »
Tu te mets à pleurer, j'essaie de te consoler, « Mais peut-être que c'est mamie qui va nous adopter, ça sera génial ! On pourra manger tout ce qu'on veut ! » Tu pleures de plus belle, il faut dire que tu n'es pas aussi gourmand que moi.
Quand ta mère arrive enfin, elle voit ton visage bouffi par les larmes et le mien, presque déçu.

On donnera le change pendant les vacances de Noël, on leur montrera à tous que merci, ça va très bien, la vie continue. Mais c'est nous-mêmes que nous essaierons de persuader. On passe encore Noël ensemble après tout, qu'est-ce qui a changé depuis l'an dernier ? Nous sommes là, en face de vous, les mêmes cousins et vous allez voir que nous n'avons rien perdu de notre sens de la répartie. Croyez-vous que nous allons nous étaler devant vous comme deux flaques ? Ne vous inquiétez pas, nous avons déjà appris à nous protéger. Ne vous inquiétez pas, nous avons déjà appris à nous taire.

Sur l'écran de télévision qui trône dans la cuisine de nos grands-parents, je regarde Pimprenelle et Nicolas, puis Thierry Le Luron qui imite Giscard. J'imagine qu'ils font partie de ma famille. Je me demande pourquoi à l'heure du dîner ils doivent rester punis dans la télé, sans manger. Jusqu'à l'âge de six ans, j'ai vu plus souvent Giscard à la télévision que mon père en vrai. Je déplorais que mon père ne travaille pas à la télévision. Toi, tu souris déjà dans ton berceau. Ta mère dit que tu es un bon petit père.

Mon ex-femme a failli m'envoyer en taule avec ses histoires. Déjà, avant même qu'on ne se sépare, elle avait pris un avocat. Qu'elle n'aille pas raconter qu'elle ne s'y attendait pas. On s'est séparés en quatre-vingt-trois et on a divorcé en deux mille. Dix-sept ans, il aura fallu dix-sept ans pour divorcer. Bien plus que la durée de notre mariage. Elle n'était pas d'accord sur ce que je pouvais lui verser. Ce n'était jamais assez, elle exigeait toujours plus. J'étais le salaud, le salaud qui a abandonné sa femme, le hors-la-loi, il fallait que je paye. Elle a exigé des enquêtes financières, s'est mise en tête que je trichais sur mes revenus. À partir de ce moment-là, toute ma vie a été fouillée, passée au peigne fin. La moindre de mes dépenses était contrôlée, consignée, et ça, pendant des années. Si j'allais au restaurant ou que je partais en week-end, la juge me convoquait, « Vous avez un train de vie phénoménal, dites donc ! » Elle me surveillait. Une fois, j'ai même offert un bijou à une femme, une babiole, je ne sais pas comment ils ont été au courant, c'est sans doute les enfants qui l'ont répété à leur mère puisqu'elle passait son temps à les asticoter, à les questionner. La juge m'a dit « Vous avez payé un bijou de grande valeur à une dame, monsieur, j'ai besoin de la facture ». Ça valait quoi ce bracelet, à peine cent ou deux cents euros d'aujourd'hui, mais voilà, j'ai dû lui apporter la note. Moi qui déteste avoir affaire à la justice, moi qui en ai une véritable hantise, j'étais servi. À cette époque, les hommes qui demandaient le divorce étaient considérés comme de vrais délinquants. Toute votre vie était passée au crible, dans les moindres détails. Les enfants étaient mis à contribution, on leur demandait de raconter ce qu'ils voyaient, ils ne pouvaient pas faire autrement. Dix-sept ans de guerre. J'espère que tout ça a changé aujourd'hui. Je n'en suis pas certain. Je ne suis pas sûr que dans ces affaires-là, les femmes ne soient plus systématiquement considérées comme des victimes et les hommes comme des salauds, quoi qu'ils fassent. C'est bien connu que les hommes se sont longtemps fait avoir dans ces histoires-là. Il ne faut pas s'étonner qu'ils soient devenus méfiants, qu'ils s'engagent moins facilement aujourd'hui. Les hommes se sont tellement fait baiser par les femmes que maintenant… c'est sûr qu'il y en a des violents, des démissionnaires, mais tout de même, il n'y a pas de quoi généraliser. Moi, je ne souhaite à personne de passer par où je suis passé, à personne.

Tu as huit ans. Le dimanche matin, on enregistre le Top 50 sur Europe 1. On adore les rock stars anglophones, à l'allure androgyne et aux cheveux peroxydés. On écoute indifféremment Rod Stewart, Kajagoogoo, Tears for Fears, Boy George, Kim Wilde… Les murs de ma chambre sont tapissés de leurs portraits. Toi ce sont plutôt des posters de quinze-tonnes, des semi-remorques, rouges, noirs, scintillant de tous leurs phares et des plaques d'immatriculation en métal que tes cousins t'ont rapportées des États-Unis. Le tout ton sur ton, par-dessus ton papier peint avec la frise spécial grues et pelles mécaniques.

Ta mère est à nouveau seule. Plus de communauté, ni de beau-père pour la soutenir. Tu ne dis rien de ta vie avec elle, rien des soirées passées à faire le garde-malade au lieu de tes devoirs, rien de ses crises d'angoisse que tu es seul à subir désormais, rien des courses et des repas que tu apprends à préparer toi-même, œufs-jambon-pâtes-yaourts, œufs-jambon-pâtes-yaourts. « Prends des fruits aussi Tom ! – Quoi comme fruits maman ? – Des bananes, des pommes, ce que tu trouves ! » Rien des médicaments qu'il faut aller chercher à la pharmacie, rapporter jusqu'au deux-pièces que vous partagez dans cette nouvelle ville où vous ne connaissez personne et où, de plus belle, la mère s'enfonce dans la dépression. Tu ne dis rien car tu as compris que ton père ne peut plus rien pour elle, « C'est elle ou moi, je dois sauver ma peau », comme il l'a déjà répété à plusieurs reprises devant tes grands-parents. Tu ne dis rien car personne ne te demande rien. Personne ne cherche vraiment à savoir ce qui se passe, là-bas, dans ce nouvel appartement, dans cette nouvelle école. Tu ne dis rien car tu es un enfant, celui qui ne parle pas, et des deux le plus jeune, le plus faible, le moins apte à se défendre, à se protéger de la chute où la mère entraîne son monde avec elle. Tu es un enfant sans enfance, comme tant d'autres, un enfant, celui qui la boucle et attend que son enfance prenne fin, ne soit plus qu'un mauvais rêve. Tu as huit ans, tu as neuf ans, tu as dix ans, tu as onze ans, tu as douze ans (toi aussi !), tu as treize ans, tu as quatorze ans, tu as quinze ans, tu as seize ans – tu quittes l'école –, tu as dix-sept ans, tu as dix-huit ans – tu tailles la route.

À l'école familiale, j'ai appris la trahison, la manipulation. J'ai appris à dire oui quand je pensais non, à ne jamais me fier à mon cœur ni à mon intuition. À l'école familiale, j'ai menti, j'ai triché, j'ai colporté des rumeurs, j'ai signé de faux témoignages, écrit que le monde était noir quand tout me portait à croire qu'il était blanc, ou le contraire. À l'école familiale, j'ai coupé le contact, j'ai perdu pied, j'ai oublié ce qu'était la réalité, je me suis oubliée. À l'école familiale, si l'on m'avait demandé de tuer, de vendre un des miens, d'étriper un camarade, je l'aurais fait. À l'école familiale, je pensais détester les miens, quand je les aimais, ou le contraire. À l'école familiale, j'ai perdu le fil de ma mémoire, alors j'en ai fait une fiction.

Voici le jour du départ. Comme un souvenir blanc sur blanc. Nous avons tous les deux pris du poids, c'est la seule chose qui apparaît sur les photos de ces vacances de Noël. Nous n'avons jamais été bien minces mais cette fois-ci, nous avons les joues gonflées, les vêtements tendus sur nos bras potelés et des sourires contrits. Nous nous sommes contentés d'engloutir les poules au riz de notre grand-mère, les frites et la langue en gelée, les marrons glacés et les tartines beurrées. Notre mère reproche à la sienne de nous gaver en nous bourrant de cochonneries. Notre corps a toujours été un champ de bataille entre ces deux femmes, l'une craignant que nous manquions de quelque chose, l'autre nous trouvant toujours trop gras. La bouffe devient notre nouveau langage, je mange, ça veut dire, j'ai faim de toi petit frère, ça veut dire, j'ai faim des moments que nous partagions et de notre vie d'avant, même si elle ne semblait pas si belle sur le moment, même si elle est passée définitivement de l'autre côté, celui des paradis perdus. Nous étions deux, et c'était déjà beaucoup.

C'est la fin des vacances. La mère et toi, vous retournez vers le Sud. Tu es sur le trottoir, avec les bagages, la mère emplit le coffre de la petite Renault 5 gris métallisé. « Ma vieille carlingue, elle dit, dix ans que je la traîne, j'espère qu'elle va tenir encore un moment parce que ce n'est pas avec la pension que votre père me verse que je pourrai la remplacer. » Elle bourre sa voiture des cadeaux que vous avez reçus tous les deux et moi je suis sur le perron, avec un ours en peluche, je viens d'avoir treize ans. C'est un bel ours à poils longs et je le presse contre moi comme les petits de maternelle leurs doudous.

Le coffre est plein, tout est bien calé, « Allez, les enfants, dites-vous au revoir ». Et même les au revoir, c'est sous les yeux de la mère et de la grand-mère, pas d'espace pour te dire que tu vas me manquer petit frère, pas d'espace pour une dernière blague, la pudeur qui nous retient depuis dix jours et cette séparation à laquelle nous ne voulions pas penser. Je me souviens de la voiture qui démarre, du bruit de moteur de la Renault 5, la mère qui tape un petit coup contre la vitre et toi qui regardes droit devant, qui fixes le bout de la rue, ton petit profil qui se découpe et, au moment où la voiture s'élance, ton pauvre sourire quand tu tournes la tête, l'esquisse d'un pauvre sourire, on t'emmène comme un petit paquet, un petit colis, un cadeau de Noël au milieu des marrons glacés et des chaussettes sales, alors que tu es mon petit frère, ma seule famille.

La Renault 5 gris métallisé disparaît au coin de la rue, direction le Grand Sud. Mais toi tu rêves déjà petit frère, je le sais, tu rêves de ce gros *truck* qu'un jour tu conduiras, vers le nord, toujours plus au nord.

Szászcsávás, Roumanie

Ciao Sorella,

Ce mai faci ? Comment ça va ? Je t'écris d'un pays où il ne fait jamais froid, et pourtant. La Transylvanie, ça te dit quelque chose ? On est enfin arrivés en Tziganie, chez les musiciens de Szászcsávás. On a loué une petite maison où on attend l'hiver. Il y a une grange et assez de foin pour les mules, et surtout, ça nous permet de garder un œil sur elles. Ici, tu te fais voler ta mule plus vite que ton scoot à Marseille.

Tu me demandes mes impressions sur le passé, sur l'enfance... Je n'ai pas de mémoire pour ces trucs-là. Je ne me souviens de rien, complètement lobotomisé, le mec ! Il y a des gens qui se rappellent des trucs qu'ils ont vécus à l'âge de deux ans, moi, c'est même pas la peine. Il paraît qu'un souvenir, au bout de dix ans, si t'y penses jamais, eh bien il s'efface, il te sort de la tête, tout simplement.

La première fois que je suis venu jusqu'ici, c'était il y a deux ans, en stop, avec Arnaud. On était partis pour un Rainbow, un grand rassemblement hippie, ça devait se passer dans une vallée des Carpates. On avait traversé la Slovénie, la Hongrie, la Roumanie… Sur la route, on voyait des Tziganes en roulottes. On s'était dit qu'on voulait vivre comme eux. On est allés jusqu'en Transylvanie. Plus on avançait, plus on croisait de Tziganes et plus on se disait qu'on reviendrait.

L'hiver d'après, je suis parti chez un éleveur de chevaux dans les Pyrénées, je lui ai acheté deux mules et j'ai appris à les dresser, j'y suis resté plusieurs mois. J'ai rassemblé le matériel pour voyager, tente, sacoches… et je suis parti au printemps.

J'ai traversé les Pyrénées à pied, avec les mules. Au début, j'étais dans le doute, est-ce que ça me plaisait vraiment, est-ce que j'étais à ma place, à quoi ça rimait ? Il y avait des moments, je ne savais plus trop ce que je foutais là, et d'autres où ça allait.

Je suis arrivé dans les Corbières et Arnaud m'a rejoint. Il n'allait pas très bien, il ne savait plus quoi faire de lui-même. C'est un fils d'agriculteurs, il a renoncé à reprendre l'exploitation de ses parents. Il errait comme un berger sans terre. On a rejoint les pays de l'Est ensemble.

On se posait des tas de questions tous les deux et on ne rencontrait personne pour nous donner de réponses, et plus on avançait, pire c'était, vu la barrière de la langue. On a enfin passé les frontières de la Roumanie. Le premier soir, on a clôturé pour que les mules ne puissent pas s'échapper et le matin, quand on s'est réveillés, un troupeau de vaches avait défoncé la clôture :

les bêtes étaient repassées en Hongrie ! Je vois encore Arnaud partir comme un fou furieux, à pied, une machette à la main. C'est lui qui a retrouvé les mules, avant de se faire coincer par des garde-frontières, il a eu du mal à leur expliquer qu'il n'était pas roumain et qu'il ne cherchait pas à rejoindre la Hongrie.

Après, c'est redevenu plus calme, on a encore passé plusieurs montagnes et on est arrivés en Transylvanie. Sur la route, les gens nous déconseillaient de poursuivre. Ils parlaient de tueurs, de types vraiment barges dans les Carpates. Dans la vallée de Lăpuş, on a rencontré Anna, qui vit dans une ferme avec ses enfants, son mari est mort. Elle parle très bien le français, comme beaucoup de Roumains. On a aidé Anna pour les travaux agricoles, labourer, faire le foin, les clôtures… On a passé l'hiver avec eux.

Tout devient concret quand tu prends la route, tu n'as pas le choix, il faut avancer. Lorsqu'on a passé un col dans les Carpates avec les mules, on avait un mètre cinquante de neige. C'était un col entre deux montagnes, les mules refusaient de faire un pas de plus, on avait beau les taper, rien à faire. Il y en a une qu'on a dû abandonner là. Et on a continué. Dans ces moments-là, t'es dedans, tu ne te poses pas de questions. On s'est mis à l'abri en haut de la montagne, le temps de monter un campement, et on est repartis chercher la mule, on avait pris un kilo de sucre pour qu'elle puisse reprendre des forces. Quand on est arrivés, la mule s'était couchée dans la neige, elle avait décidé de se laisser mourir de froid.

Puis j'ai continué le voyage, seul ou accompagné, à pied ou en roulotte. Il m'est arrivé, parfois, de ne parler à personne pendant des semaines. Je ressassais, j'avais des idées fixes, je me demandais si je n'étais pas en train de devenir fou. Je ne savais pas ce que je cherchais.

Avec les Roms, parfois, c'est compliqué. J'ai beau partager leur mode de vie, je sais que même sans un sou en poche, je serai toujours plus riche qu'eux. Quant aux Roumains, ils me prennent pour un fou. Pourquoi t'es pas venu en camion, ils me répètent, avec un beau camion ou une voiture ? Mais les seuls camions que j'ai jamais eus, c'étaient des miniatures, des jouets, tu te souviens de ceux qu'on fabriquait avec papa ? C'est marrant, j'ai toujours cru que je finirais routier, il m'a tellement fait rêver avec ça, et puis voilà, j'ai fait la route quand même, à ma façon.

Les Roumains ont une relation fraternelle à la France, Bucarest, ils appellent ça le Petit Paris. « La France pense à nous », ils disent en montrant leur cœur. Qu'est-ce que tu veux répondre ? Je voudrais leur dire, continuez à vivre comme vous le faites, sans fric et avec votre bout de terre, vos chevaux, mais je vois bien que la seule chose qui les intéresse, c'est de partir. Depuis que le mur est tombé, ils sont de plus en plus nombreux à le faire. Ils ne se rendent pas compte qu'à l'Ouest, personne ne les attend…

Je vais rester un moment ici. Une partie de mes racines est à l'Est, je le sens. Je dois apprendre un métier, je veux devenir luthier, il y a de l'excellent bois ici pour fabriquer les violons. J'ai aussi retrouvé Sofia, je crois que tu l'avais rencontrée à la fête de Sylvia et Federico, elle est contrebassiste. Je me sens bien parmi ces gens simples, accueillants.

Pour le reste, la famille et tout ce dont tu me parles, qu'est-ce que tu veux que je te dise, t'es tout le temps manipulé dans ces trucs-là, y a rien à faire ! Mon sentiment à l'époque, c'était l'injustice bien sûr. Je ne comprenais pas pourquoi je me retrouvais seul du jour au lendemain. Je me disais merde, j'aurais pu avoir une autre vie quand même. Mais en voyageant, j'ai relativisé ces années-là. J'ai croisé d'autres vies, j'ai pu mettre à distance mes angoisses.

Aujourd'hui, on s'en fout un peu de tout ça, non ? C'est si loin ! Essaie d'avancer, toi aussi, à ta façon, le passé, laisse-le où il est, il faut vivre ! Quand est-ce que tu viens me voir ? Tu pourrais assister à une fête ou un mariage tzigane, c'est le seul moment où les gens se lâchent vraiment. Il s'installe une sorte de transe entre les danseurs et les musiciens, je n'ai vu ça nulle part ailleurs.

Ne t'inquiète pas, Sorella, même si ça semble être le tiers-monde ici, c'est encore assez sûr comme endroit. Taves bartalo ! Porte-toi bien !

Tom qui t'embrasse

TABLE

REMERCIEMENTS

À Françoise, Bernard, Amandine, Robin, Sophie et Julien.

À Yann Briand, Geneviève Brisac, Jef Causeret, Fanny Chiarello, Barthélemy Chapelet, Antoine Démazières, Vincent Eudeline, Marike Gauthier, Marie Ginet, Alain Laurenson, Schéhérazade Madjidi, Chloé Mary, Elli Medeiros, Charles Pennequin, Charlotte Rousseau, Isabelle Ruchot, Calypso Valois et Patrick Varetz.

« Papa Pingouin » est une chanson écrite et composée par Pierre Delanoë, Jean-Paul Cara, Ralph Siegel & Bernd Meinunger en 1980.

DU MÊME AUTEUR

QUAND NOUS SERONS HEUREUX (Le Passage, 2010)

Prix Technikart 2009

2e édition

Achevé d'imprimer sur les presses de France Quercy
à Mercuès en septembre 2012

Dépôt légal : août 2012

ISBN 978-2-84742-195-8 • Imprimé en France